ro
ro
ro

Jan Weiler, 1967 in Düsseldorf geboren, ist Journalist und Schriftsteller. Er war viele Jahre Chefredakteur des *SZ Magazins*. Sein erstes Buch, «Maria, ihm schmeckt's nicht!», gilt als eines der erfolgreichsten Romandebüts der letzten Jahre. Seine Kolumne «Mein Leben als Mensch» erscheint in der *Welt am Sonntag* und auf seiner homepage www.janweiler.de. Jan Weiler lebt mit seiner Frau und den zwei Kindern in der Nähe von München. Im Rowohlt Taschenbuch Verlag sind bereits erschienen: «Antonio im Wunderland» (rororo 24263), «Gibt es einen Fußballgott?» (rororo 24353), «In meinem kleinen Land» (rororo 62199) und «Drachensaat» (rororo 24894). Im Kindler Verlag erscheint im März 2011 «Das Buch der 39 Kostbarkeiten».

Larissa Bertonasco, geboren 1972 in Heilbronn, studierte Italienisch und Kunstgeschichte in Siena und Hamburg, anschließend Illustration an der Hamburger Armgartstraße. Seit 2003 arbeitet sie als freie Künstlerin und Illustratorin für Magazine, Verlage und Werbung. Ihr erfolgreiches Kunstkochbuch «La nonna La cucina La vita» mit Rezepten und Geschichten ihrer italienischen Großmutter erschien 2005 im Gerstenberg Verlag. Sie hat zwei Kinder und lebt zusammen mit dem Maler Ari Goldmann in Hamburg.

JAN WEILER

Mein Leben als Mensch

ILLUSTRIERT VON
LARISSA BERTONASCO

ROWOHLT
TASCHENBUCH VERLAG

Die Texte in diesem Buch erschienen
zuerst im *Stern*.

Veröffentlicht im Rowohlt Taschenbuch Verlag,
Reinbek bei Hamburg, März 2011
Copyright © 2009 by Rowohlt
Verlag GmbH, Reinbek bei Hamburg
Umschlaggestaltung any.way, Barbara Hanke/Cordula Schmidt
(Illustration: © Larissa Bertonasco, Agentur Susanne Koppe,
www.auserlesen-ausgezeichnet.de)
Satz ITC New Baskerville PostScript (InDesign)
bei hanseatenSatz-bremen, Bremen
Druck und Bindung GGP Media GmbH, Pößneck
Printed in Germany
ISBN 978 3 499 25401 7

Inhalt

Wohin in den Urlaub?

Es ging also um unseren Urlaub. Große Ferien. Meine Frau Sara hat davon recht genaue Vorstellungen. Ich nicht. Ich will einfach bloß, dass es warm ist und ich meine Ruhe habe. Sara schlug mir deshalb vor, dass ich mich alleine für zwei Wochen im Heizungskeller einschließen könne, wenn bei mir Wärme und Ungestörtheit die einzigen Kriterien für einen schönen Urlaub seien. Sie führe währenddessen mit den Kindern in die Ferien.

Sie ist manchmal recht schnell beleidigt, und sie liebt es, viele Menschen um sich herum zu haben. Ich weiß nicht, ob ich es schon einmal erwähnt habe, aber sie ist zur Hälfte Italienerin. Ihr Vater kam als Gastarbeiter nach Deutschland, und die Familie fuhr deshalb früher immer und immer und nur nach Italien, volle sechs Wochen, manchmal sogar länger. Aber das wissen Sie vielleicht schon. Jedenfalls möchte Sara nicht mehr in das Land ihres Vaters, weil die dortigen Urlaube Reisen in ein zweites Zuhause sind. Und wer fährt schon gerne nach Hause in den Urlaub? Sie zieht Fernreisen vor. Oder Ferienhausmieten mit Freunden. Oder Cluburlaub.

Ich kenne mich mit so etwas nicht aus. Alles, was ich von Ferienclubs weiß, habe ich im Fernsehen gesehen:

Bleiche, mit Leberflecken besprenkelte Angestellte stehen hüfttief im Wasser und machen den Ententanz. Oder den Orangentanz. Oder sie führen Theaterstücke auf, oder sie töpfern oder stehen in der Schlange vor der Essensausgabe. Die Kinder werden zwischenzeitlich je nach Alter von Gleichaltrigen zum Rauchen oder zum Geschlechtsverkehr verführt.

In Ferienhäusern komme ich mir immer vor, als lebte ich fremder Leute Leben, und vor Fernreisen habe ich Angst. Meine Heimat ist meine Sprache; wenn ich mich nicht mehr verständlich machen kann, reagiere ich panisch. Außerdem wissen die Kinder Fernreisen ohnehin nicht zu schätzen. Es ist ihnen total schnuppe, ob sie nun auf Spiekeroog oder Ko Samui den Sand durchwühlen.

«Wenn es nach dir geht, fahren wir nach Wolfratshausen in den Märchenwald und grillen anschließend», spottete Sara.

«Ich finde das eine sehr hübsche Idee», gab ich zurück. Sekunden später saßen wir im Auto und fuhren zu einem Reisebüro.

Wir saßen einem Mann gegenüber, der sich als Paganini der Pauschalreisen entpuppte. Der Neckermannkatalog war seine Stradivari. Er flog durch die Hotels und unterbreitete dann sein ultimatives Angebot: zwei Wochen in einem türkischen Hotel, das aussah wie eine Kreuzung aus dem Bundeskanzleramt und einem Freibad. Sara tippte auf das Foto und rief: «Hier, die Zimmer sehen doch ganz schön aus», worauf Paganini den rechten Zeigefinger hob und erwiderte: «Das sind aber die Pärchenzimmer. Sie werden im Familienblock untergebracht.»

«Wo drin?», fragte ich. Ich dachte, ich hätte mich verhört.

«Im Familienblock. Hier.» Er deutete auf das Foto eines mietskasernenartigen Innenhofs mit Hunderten kleinen Balkonen. Ich stellte mir vor, wie wir dort unsere Abende verbringen würden, untermalt vom vielstimmigen Gebrüll sonnenverbrannter Kleinkinder und ihrer Eltern. Ich malte mir aus, wie brennende Stapelstühle durch die Luft fliegen und ich abends an der Bar Trost bei importiertem Krombacher Bier suchen würde.

«Ich möchte nicht in den Familienblock», sagte ich, als wir wieder im Auto saßen. Es war ein schwaches, mattes, halblautes Sätzlein, aber es bewirkte immerhin, dass meine Frau nach unserer Rückkehr die Kinder in die Reiseziel-Entscheidung einband.

«Wo wollt ihr denn am liebsten hin?», fragte sie in die Runde.

Und dann geschah ein kleines Wunder. Unser Sohn krähte wie aus der Pistole geschossen: «Ich will in den Märchenwald.»

Drei Tage lang schwelte das Urlaubsthema zwischen uns, bis ich eine Idee hatte, die ich für Super-Nanny-ebenbürtig genial hielt. Ich forderte Sara, unsere Tochter Carla, unseren Sohn Nick und unser Au-pair-Mädchen Natalya auf, jeweils ihren Urlaubswunsch auf einen Zettel zu schreiben. Dann würde ich alle Stimmen auswerten und sehen, was womit eventuell in Einklang zu bringen war. Aus der Schnittmenge könnten wir dann gemeinsam das Urlaubsziel ableiten. Total demokratisch und fair. Also versammelte ich meine Lieben am Küchentisch, und für eine gute Minute war es vollkommen ruhig bei uns zu Hause. Man sollte so etwas öfter machen. Ich sammelte die Zettel ein.

Meine Frau schrieb: «Ans Meer, nicht Italien.» Carla schrieb: «Ans Meer von Italien», denn sie will unbedingt zu unseren Verwandten. Nick schrieb gar nichts, denn er kann noch nicht schreiben. Er malte einen Roboter, der mit einem Laserstrahl auf einen Mann schoss, dem davon der Kopf schmolz. «Das ist aber ein schönes Bild», lobte ich. «Wer ist denn der Mann?» «Das bist du», antwortete Nick und malte seinem Roboter ein drittes Bein. Natalyas Zettel enthielt die Worte «Schwarzes Meer». Ich selbst hatte geschrieben: «Entweder in die Berge oder Städtereise. Nicht ans Meer!!!»

«3:1», sagte Sara. «Alle wollen ans Meer. Ich fürchte, du musst dich damit abfinden.» Ich sah einen Verbündeten suchend zu Nick hinüber, aber der ist vier Jahre alt, eignet sich nicht für Koalitionen und hatte mir außerdem gerade den Kopf mit seiner Laserkanone weggekokelt. Sara hatte recht, ich stand alleine da.

Sie war sehr zufrieden. «Jetzt müssen wir uns nur noch einigen, wo es genau hingehen soll. Ich sage nur: Nicht nach Italien, das ist meine einzige Bedingung.»

Natalya, die zwar nicht zur Familie gehört, aber dennoch stimmberechtigt ist, damit sie kein Trauma mit zurück in die Ukraine nimmt, begann einen längeren und schwerverständlichen Vortrag über Jalta und die Krim, die Abende bei Wein und Gitarrenspiel sowie die Herzlichkeit aller Ukrainer und die Möglichkeit, dort Kultur und Badeurlaub vollkommen selbstverständlich zu verbinden.

Nach zehn Minuten hob ich die Hand und rief: «Lasst mich euch von Südtirol überzeugen.» Carla stand auf und ging an den Kühlschrank, Sara seufzte, Nick malte eine Rakete, die über dem Roboter und mir brennende Bomben abwarf. Immerhin hörte Natalya aufmerksam zu, um dann freundlich darauf hinzuweisen, dass Berge und Meer in der Ukraine quasi in ein und demselben Urlaub zu haben seien.

Schließlich einigten wir uns auf eine Gegend, die bergig genug für mich, außerdem nahe am Meer ist und wo die Kinder gut spielen können: Mallorca. Zugegeben nicht die originellste Wahl, aber perfekt für fast alle. Natalya wurde 4:1 überstimmt.

Das Telefon klingelte, Antonio war dran, mein Schwiegervater.

«Mein liebe Jung. Sagemal: Was maktihr in der Ferien?»

«Ich weiß es nicht», log ich. «Wir reden gerade drüber.»

«Musster nikt reden, habi schon getan. Ihr fahrt mituns.»

«Wohin?»

«Termoli! Diamantene Meer, tolle Strande, alles super.»

Das ist in Italien, das ist, wo er immer Urlaub macht. Seit vierzig Jahren.

«Du, wir hatten überlegt, ob wir vielleicht einmal woanders hinfahren», wand ich mich wie ein Staatsminister im Untersuchungsausschuss.

«So? Wohin denn?»

«Vielleicht auf die Krim. Jalta, weißt du?»

«Kenni nikt. Wasollda sein?»

«Das ist in der Ukraine.»

Antonio lachte und legte auf. Ich atmete tief durch. Wenn er rauskriegt, dass wir in Wirklichkeit nach Spanien fahren, wird es ernst. Überallhin, nur nicht nach Spanien. Eine schlimmere Beleidigung kennt er nicht. Er darf das nie, nie erfahren.

Natalya

Natalya. So heißt unser Au-pair-Mädchen. Sie kommt aus der Ukraine und hat fast völlig weiße Haut sowie ein Diplom in Physik. Das bedeutet, sie ist ganz entschieden klüger als wir, kann es aber zum Glück nicht so richtig zum Ausdruck bringen, jedenfalls nicht auf Deutsch. Wenn wir Ukrainer wären, wären wir ihr intellektuell ausgeliefert. Aber dann wäre sie ja nicht bei uns, sondern bei einer deutschen Familie. Natalya ist nicht unser erstes Au-pair, aber das erste, das uns wirklich glücklich macht.

Die Geschichte unserer bisher vergeblichen Versuche, das perfekte Au-pair-Mädchen zu finden, liest sich als eine Aneinanderreihung von Niederlagen. Die erste wurde uns von einer jungen Dame aus Georgien zugefügt, von der es im Internet hieß, sie sei Deutschlehrerin und kenne sich mit Kindern und Haustieren aus. Nichts davon stimmte. Es handelte sich um ein zitterndes Nervenbündel, welches wegen eines Impfschadens auf dem linken Auge fast nichts sah. Irina kaschierte diese Behinderung, indem sie meistens den Kopf senkte und einen dichten Haarvorhang vor dem Gesicht trug. Sie sprach so gut wie kein Deutsch. Abends betete sie kleine Ikonen an, die sie auf dem Schreibtisch in ihrem Zimmer aufgestellt hatte. Nachdem sie drei Tage bei uns war, mussten Sara und ich übers Wochenende weg. Wir brachten die Kinder sicherheitshalber zu Freunden und trugen Irina lediglich auf, den Hund zu füttern und dreimal am Tag mit ihm spazieren zu gehen. Sie saß auf der äußersten Kante des Küchenstuhls, nickte verzagt und sah nach unten. Genau so fanden wir sie drei Tage später bei unserer Heimkehr vor. Die ganze Bude stank wie ein Tierheim, denn der Hund hatte ungefähr zehn Haufen gemacht, war aber zum Pinkeln immerhin ins Badezimmer gegangen. Auf unsere Frage, warum sie nicht mit dem Hund draußen war, deutete sie zum Fenster und erläuterte, dass es die ganze Zeit geregnet und sie nicht gewusst habe, ob der Hund nass werden dürfe. Wir entzogen ihr das Vertrauen.

Versuch Nummer zwei hieß Laura, kam aus Riga, trug Turnschuhe mit zehn Zentimeter hoher Sohle, rauchte Kette, trank mein Bier und wollte Schauspielerin werden. Sie hatte ein offenes Wesen und keinerlei Bezug zu Kindern. Laura sprach nur englisch, was innerhalb von zwei Wochen zur Folge hatte, dass auch Sara und ich nur noch englisch sprachen. Sie schlief gerne lang. Dies machte es ihr unmöglich, die Sprachschule zu besuchen, die wir ihr bezahlten. Nach drei Monaten stellte ich ihr (auf Englisch) ein Ultimatum: «Von hier fahren zwei Busse ab. Der eine fährt in die Schule, der andere nach Riga. Kapiert?» Sie entschied sich für Riga.

Unser drittes Au-pair stammte aus Kenia. Die Kinder liebten sie, besonders ihre schöne Haut. Sie hieß Faith. Am Anfang gab sie sich große Mühe. Nach ein paar Monaten entdeckte sie allerdings das Münchner Nachtleben für sich und wurde unter der Woche immer schweigsamer. Sie sprach praktisch kein Wort mehr mit uns und fieberte dem Wochenende entgegen. Wenn sie am Montag nach Hause kam, roch sie wie eine englische Hafenkneipe. Und irgendwann kam sie gar nicht mehr. Stattdessen schickte sie eine E-Mail, in der stand: «Ich bin schwanger. Es tut mir leid. Vielen Dank. Faith.» Wir haben sie nie wieder gesehen. Dafür rief ihr empörter und bibelfester Vater aus Nairobi an, um mich zu fragen, was ich eigentlich mit seiner Tochter angestellt hätte.

Und nun also Natalya. Sie stieg vor drei Monaten als Letzte aus einem Bus voller Au-pair-Mädchen und hatte eine Frisur, die einem orangefarbenen Atompilz ähnelte. Sie trug einen Koffer sowie einen sehr alten Computer samt Monitor, für den es hier leider keine Steckdose gibt. Natalya ist: perfekt. Sie kann mit Kindern umgehen, kochen, bügeln, und sie hat überhaupt keine Angst vor Hunden.

Sie sagt «Iech värstähä» und versteht dann auch wirklich. Ihr Lieblingswort der deutschen Sprache lautet «Scheißhaus». Darüber kann sie sich eine Viertelstunde lang beömmeln. Und sie ist tatsächlich unglaublich klug. Neulich schrieb sie auf die kleine Tafel in unserer Küche, dass sie Frischhaltefolie haben wolle. Sie plante, sich damit zu umwickeln und dann Trampolin zu springen, um etwas für ihre Figur zu tun. Natalya schrieb aber nicht auf die Tafel: «Bitte Frischhaltefolie kaufen.» Sie schrieb: «Kaufen bitte du Polyäthylen.»

Ein Besuch im Mittelalter

Zu den großen Familienvergnügungen des Sommers zählt zweifellos der Besuch eines Ritterturniers. In anderen Gegenden Deutschlands geht man zu Winnetou-Aufführungen oder in Safari-Parks. Beides kenne ich noch aus meiner Kindheit. Das Einzige, woran ich mich bei Letzterem erinnere, ist eine unerhört riesige und violett gesprenkelte Zunge, die während der Fahrt durch das afrikanisierte Gelände in die offene Fahrerscheibe fuhr und die Schulter meines Vaters nach Erdnüssen abtastete, was diesen dazu veranlasste, panisch Vollgas zu geben. Dieser große abenteuerliche Moment wurde nicht einmal vom Auftritt Winnetous im sauerländischen Elspe übertroffen. Es schiffte mächtig, damals vor knapp dreißig Jahren, doch das hinderte Pierre Brice keineswegs daran, mit seinem Pferd die Freilichtbühne auf und ab zu galoppeln und Kalendersprüche aufzusagen. Im Gegensatz zum Winnetou im Film sprach er allerdings mit einem französischen Akzent, was mir sehr missfiel. Er hörte sich an wie Inspector Clouseau, man konnte ihn einfach nicht ernst nehmen.

Inzwischen habe ich selber Kinder, und diese möchten einmal pro Jahr zum Ritterturnier. Derartige Veranstaltungen sind Sammelbecken für in der Gesellschaft schwer vermittelbare Fantasy- und Rollenspielfans. Man kann manche Besucher kaum von den Kleindarstellern des Turniers unterscheiden. Schon auf dem Parkplatz begegnete mir ein zottelbärtiger Familienvater in Landsknecht-Ausrüstung samt Schamkapsel, der den Kofferraum seines VW Sharan öffnete, um diesem Schwert und Kinderwagen zu entnehmen. Das eigentliche Festgelände wurde durch ein Holztor betreten, hinter dem manch fröhlich Gaukeley auf die Besucher wartete sowie Pfannengyros und scheußliches Kunsthandwerk. Auf meine Frage, was denn das Gyros koste, antwortete ein in braunes Leinen gehüllter Marketender: «Für dieses Mahl erbitte ich von Euch vier Taler sowie einen Taler Pfand.»

Ich zahlte, und ich zahlte noch oft an diesem wohl sonnigen Tage. Nick bekam zum Beispiel eine Ritterrüstung aus Pappe sowie einen Morgenstern, mit dem er seiner großen Schwester auf den Hintern drosch. Diese begehrte ein Burgfräulein-Kostüm aus rotem Samt (nur achtzig Taler!), welches ich ihr aber nicht kaufte. Ich mag ein Spielverderber und Geizhals sein, aber ich habe Geschmack. In zwanzig Jahren wird sie mir dankbar dafür sein, dass kein einziges Foto von ihr in diesem doofen Kleid existiert. Ich erwarb stattdessen einen eingefassten Rosenquarz mit einem Lederbändchen (nur achtzehn Taler), den sie sich umhängte und auf Wunder wartete. Und Getränke, die wir aus tönernen Humpen zu uns nahmen. Zumindest Nick war völlig aus dem Häuschen. Er brüllte: «Prost Männer!», und hieb seinen Krug gegen den meinen, wobei er mir beinahe einen Schneidezahn ausschlug, denn ich trank bereits.

Nachdem wir das Gelände mehrfach durchschritten

und sämtliche Ritter, Harlekine, Pestkranke und Jong-
leure, die dort im Namen und Auftrag einer Großbraue-
rei herumliefen, gebührend bestaunt hatten, schritten
wir zum Turnierplatz. Fast zwei Stunden dauerte der von
einer total unglaubwürdigen Handlung mühsam einge-
rahmte Ritterkampf. Es ging in etwa um Folgendes: Der
böse schwarze Ritter raubt die Braut eines Prinzen, welcher dann anhand eines Turniers den guten Ritter aussuchen muss, der gegen den bösen reiten soll, welcher sich
erst als Frau entpuppt, später als Mann wiederkehrt und
schließlich im Finale in die Hölle geschickt wird. Oder so
ähnlich. Ständig wird geritten und geprügelt, dann und
wann knallt und qualmt es. Eigentlich wie bei Winnetou,
bloß mit Rittern – und ohne Pierre Brice. Am Ende der
Darbietung hatte ich einen Sonnenstich.

Wir wankten zum Auto, ich schaltete die Klimaanlage
auf fünfzehn Grad und fuhr unkonzentriert, weil dehy-
driert, vom Acker, an dessen Ausfahrt ich dem Lands-
knecht die Vorfahrt nahm. Es krachte, der Bärtige stieg
aus und beschimpfte mich auf das fürchterlichste. Beinahe hätte er mir mit seinem Schwert den Schädel ge-
spalten. Wir tauschten die Versicherungsnummern aus,
und er stieg brummend in seinen Sharan, um gen Augs-
burg zu entweichen. Schweigend fuhr ich nach Hause. Es
war schon fast dunkel, ich trug Nick ins Bett. Auf meine
Frage, was denn das Tollste an dem Ritterturnier gewesen sei, zögerte er keine Sekunde: «Der Ritter auf dem
Parkplatz. Der war so krass cool.» Und dabei hatte der
nicht einmal ein Pferd.

Kevinismus

Manchmal sind Geburtsanzeigen in meiner Post. Hurra, ein neues Menschlein ist angekommen auf unserem kleinen Planeten! Ach wie schön. Inzwischen traue ich mich allerdings fast nicht mehr, diese sonderformatigen Briefe zu öffnen, denn ich habe Angst vor den überspannten Namen, die darin zu lesen sind. Mit einem ist es auch nicht mehr getan, Kinder brauchen inzwischen offenbar einen Haufen Namen, mindestens vier. Gerade gestern las ich eine Anzeige, in der jemand die Geburt eines Geschöpfes namens Emilia Rosemie Kairo Paloma verkündete. Die Anzahl der Namen korreliert heute im Allgemeinen mit der Phantasiebegabung der Eltern, die ihre Lendenfrüchte schon lange nicht mehr einfach Hans oder Peter nennen, sondern einem gesellschaftlichen Originalitätszwang folgend Herkules Hennessy Connor Justin oder Vivien Celin Mandy Josefine.

Das sind aber keine Namen, sondern Rechtschreibprüfungen. In Jérôme Frederik Josua stecken unzählige Möglichkeiten, sich zu verschreiben. Da wird der Kleine ein Leben lang mit zu tun haben. Und hat den armen Jérôme mal einer gefragt, ob er gerne so heißen will wie der Watschenmann vom Dienst? Darüber machen sich moderne Eltern leider überhaupt keine Gedanken und muten ihren Kindern Namen zu wie Bonny Chiara Allegra Angelique oder Wesley Rüdiger. Der Vorstand von Siemens wird in wenigen Jahrzehnten vermutlich aus drei René Raouls, einem San Diego, zwei Janaisia Jacelyns und einer Cheyenne-Zoe bestehen, und ich bin mir nicht sicher, ob man seine Unternehmensziele erreicht, wenn die internationalen Geschäftspartner einen bei jedem Meeting auslachen.

Es ist übrigens durchaus nicht so, dass nur die Kinder unter den Schrullen ihrer Alten zu leiden haben. Ich leide ebenfalls. Möchte ich vielleicht zu einem Kind sagen: «Hallo, Vanina-Ruby-Ocean, wie geht es dir?» Nein, das möchte ich auf gar keinen Fall. Dasselbe gilt für Prince Tayfun Friedrich, Tiffany Donny Daisy, Marvin Dean Karlheinz und Liam Basil Amor. Ich will diese Namen weder aussprechen noch schreiben müssen, es sei denn, sie bezeichnen englische Kekse oder amerikanische Eissorten. Was haben diese Kinder bloß für Eltern? Vielleicht solche, deren einhundertzwanzig Dezibel laute Stimmen man so gern im Urlaub am Strand vernimmt: «Hallo! Frollein Jacqueline! Ers' eincremen, dann im Wasser.»

Die Soziologie hat für das Unvermögen einer größer werdenden Bevölkerungsgruppe, ihrem Nachwuchs menschliche Namen zu geben, bereits einen Begriff geprägt: Kevinismus (bei Mädchen: Chantalismus).

In der Akademiker-Szene sowie im Medien- und Werbemilieu habe ich einen gegenläufigen Trend festgestellt. Ich nenne ihn Emilismus. Da werden Kinder mit Namen beehrt, die vor rund neunzig Jahren schwer in Mode waren: Anton. Paul. Emil. Carl. Friedrich. Sogar ein einjähriger Otto ist mir jüngst auf den Arm gesetzt worden. Da fragt man sich natürlich, was bei unseren Kindern en vogue sein wird. Ich denke mit Schaudern an die Zukunft, denn nach den Gesetzen der Logik gibt es nur zwei Möglichkeiten. Die eine besteht darin, dass gänzlich neue Namen entstehen, die man sich jetzt noch nicht richtig vorstellen kann. Die Kinder meiner Kinder werden demnach Namen tragen, die so klingen wie «Betageuze» oder «Terraflop». Die andere mögliche Variante besteht wie jetzt in der Verwendung nostalgischer Namen, die um 1940 als chic galten.

Meine Tochter wird also in zwanzig Jahren im Krankenhaus liegen, ich komme mit einem Blumenstrauß herein. Mein Enkel ist erst einen Tag alt und wiegt fast nichts, als ich ihn hochhebe. Er blinzelt mich aus leicht klebrigen Äuglein an, ist so runzlig wie unschuldig und duftet, wie nur Säuglinge duften. Unter Tränen frage ich meine Tochter, wie der kleine Erdenbürger heißen soll, und sie sagt: «Leon und ich haben uns noch nicht entschieden. Vielleicht Horst-Dieter. Oder einfach Eberhard.»

Etwas aus der Mode gekommen zu sein scheint der Brauch, den Kindern dieselben Namen zu geben, welche schon Eltern und Großeltern führten. Ich kenne aber Familien, die viel Gehirnschmalz darin investieren, dass alle ihre Nachkommen mit demselben Buchstaben beginnen, beispielsweise mit «F». In diesen Fällen bekommt man zu hören: «Unsere Kinder heißen Franko-Frieder-Freimut, Fabiola-Frauke-Fatima und František-Feyzullah-Fidel.» Ganz ähnlich wie diese Leute verfahren Pferdebesitzer. Auch sie legen Wert auf die Einhaltung kreativer Spielregeln. Fohlen bekommen je nach Rasse immer den gleichen Anfangsbuchstaben wie Vater oder Mutter. Ihre Namen dürfen dabei keinesfalls bürgerlich oder anderswie piefig klingen. Ein Pferd namens Dieter gibt es daher eher nicht, dafür tummeln sich in den Ställen Tiere mit so originellen Namen wie «Sweet Florence», «Dschingis Khan» oder «Tiramisu». Eigentlich ist das doch ganz ähnlich wie in deutschen Kindergärten – oder Pornofilmen.

Ein Freund von mir suchte einmal einen Namen für seinen neuen schwarzen Deckhengst. Der Name müsse mit «B» beginnen, sagte er. Mein Vorschlag war echt ein Volltreffer, wurde aber trotzdem abgelehnt: «Black & Decker».

Pläne

Ich brauche Pläne. Zukunftspläne. Werde nun auch schon bald alt und bin nicht einmal annähernd fertig mit der Gestaltung meines Lebens. Alles läuft kreuz und quer. So zufällig. Das Leben lebt mich und nicht umgekehrt. Das ist zwar im Großen und Ganzen vegetativ angenehm, aber auch problematisch, denn die Welt um mich herum funktioniert offenbar nach genauen Planvorgaben, innerhalb deren ich als Wähler, Konsument und Umweltverschmutzer eine nanosekundenbruchteilige Rolle spiele. Ich sollte mir dessen bewusst sein und nicht so stupide vor mich hin leben. Pläne sind gefragt.

Ich muss zum Beispiel viel mehr kaufen. Die Marktforschung zählt mich bloß noch knappe sieben Jahre lang zur werberelevanten Zielgruppe. In dieser Zeit muss ich noch viele wichtige Kaufentscheidungen treffen, denn danach bin ich nicht mehr interessant für die Industrie. Niemand umwirbt mich dann mehr, abgesehen von den Werbeblöcken des ZDF. Und dafür bin ich wiederum selbst mit 49 noch viel zu jung.

Zu den Anschaffungen, die ich noch tätigen muss, bevor ich demnächst vergreise, gehören ein Apfelpflücker, Bakelit-Lichtschalter sowie ein metallener Zollstock. Gibt es alles bei Manufactum, wo kernseifige ältere Menschen

Gummistiefel und Papierkleber kaufen und sich an ihre Kindheit auf ostpreußischen Gutshöfen erinnern. Ich komme jetzt auch langsam in das Alter, wo man bequem sitzen möchte und Wert auf eine Armlehne legt.

Was meine Figur angeht, ist jedenfalls einiges zu tun. Ich stehe am Scheideweg mit gleich drei Abzweigungen. Ich kann den Marsch in den Altersdiabetes antreten, den Pfad ewiger Askese beschreiten oder die Einbahnstraße des ewigen Jo-Jo-Effektes, auf welcher ich mich bei Licht besehen bereits seit Beginn meines jetzigen Lebensjahrzehnts befinde. Ich fühle mich dort ganz wohl, aber man könnte nun zur Abwechslung mal radikal abbiegen. Fressen oder Turnen, das ist hier die Frage. Für Fressen spricht, dass es mehr Spaß macht als Turnen. Für Turnen spricht, dass die Fresser im Allgemeinen nicht aussehen wie Brad Pitt. Für ein gesundes Leben spricht zudem die These, dass schlanke, gutaussehende und nach Issey Miyake duftende Vierzigjährige mit nicht angewachsenen Ohrläppchen im Leben oft erfolgreicher sind als Bürokaffee ausdünstende Pykniker. Und für ein Karriereende sind vierzig Jahre noch viel zu früh. Berufliche Pläne enden ja nicht in der Mitte des Lebens.

Ich strebe jedenfalls für die kommenden dreißig Jahre ein Präsidentenamt an. Das ist toll. Ich wäre zum Beispiel gerne Präsident des Dachverbands der Spitzenverbände. Oder: Präsident des Bundesverbandes der Landesverbände. Oder Präsident des Spitzenverbandes der Dachverbände. Was man da macht? Man sitzt in seinem Büro und erwartet Besuch. Der kommt zum Beispiel in Gestalt eines Ministerpräsidenten. Ich drücke auf einen Knopf und sage: «Frau Schadler, bringen Sie doch bitte Kaffee und Gebäck für mich und den Ministerpräsidenten.» Dann setzen wir uns, und Frau Schadler bringt Kaffee und Gebäck und eine Unterschriftenmappe, damit gleich klar ist, dass ich später noch viel zu tun habe. Und kleine Saftfläschchen und einen Flaschenöffner. Dann reden wir von Präsident zu Präsident, und ich verspreche, dass ich mal beim Landesverband in Kiel anrufe, um zu sehen, was sich machen ließe. Und dass ich aber nichts versprechen könne. Wenn der Ministerpräsident weg ist, schaue ich mir Nacktbildchen im Internet an oder telefoniere mit Rudolf Scharping, weil ich dringend ein neues Fahrrad für meine Frau brauche. So kann man Jahre verbringen. Hier und da werde ich wiedergewählt. Abends bin ich bei irgendeinem Verband eingeladen, und manchmal muss ich Reden halten und Ehrennadeln durch dunkle Anzüge piksen. Spät in der Nacht komme ich nach Hause, esse noch einen Apfel, sehe mir Diskussionssendungen im ZDF an, dann lösche ich das Licht mit dem Bakelit-Schalter.

Meine Kosenamen

Das Schöne am Elternsein ist, dass man jede noch so kleine Entwicklung seiner Kinder unmittelbar erfährt, jedenfalls wenn man will. Ständig passiert ja so viel Neues, es ist wundervoll, ganz zauberhaft. Man möchte juchzen und seufzen und das Wunder des Lebens preisen. Außer im Moment.

Nick befindet sich in einer Entwicklungsstufe, an die ich mich später sicher gerne erinnere, nämlich weil sie dann vorbei sein wird. Ich nenne sie die «Stinkepo-Phase», die Bestandteil des sich hinziehenden Prozesses des Spracherwerbs zu sein scheint. Jeder Berliner Rapper ist gegen meinen Sohn ein Schöngeist. Morgens, wenn Nick über meine Schienbeine zu mir ins Bett trampelt, ruft er freudig: «Halloo, du Schlammsau.» Ich bin aber keine Schlammsau, ich bin ein Vater. Und das sage ich ihm auch. Dann antwortet er: «Ja, gerne, Herr Zwiebelarsch.» Unnötig zu sagen, dass auch Sara nicht Sara heißt, sondern «Stinkefuß», «Pupsmama» und «Gurkenpo». Die meisten seiner Wortschöpfungen gründeln in Körperöffnungen und Ausscheidungsvorgängen. Das ist nicht schön.

Warum kann er nicht Kosenamen erfinden, die man gerne hört? Warum bin ich nicht «Apfelpapa» oder «Blumenmann»? Was ich gerade durchmache, sei normal, behauptete die Kindergärtnerin, als ich sie auf Nicks Wortwahl ansprach. Sie selbst hieße zurzeit Kacka-Christl. Mir egal, ob das normal ist. Ich will nicht Pimmelsack geheißen werden, und schon gar nicht von einem Vierjährigen. Also beschloss ich, dem Verhalten meines Sohnes mutig entgegenzutreten und notfalls Strafen für Schimpfwörter zu verhängen. Leider fehlt es mir dafür jedoch an Autorität. Im Bestrafen bin ich nicht besonders gut. Abgesehen davon hat mir mal eine Psychologin erklärt, dass kleine Kinder mit Strafen überhaupt nichts anfangen könnten. Das soll man sich sparen. Es bringt nichts, und das Einhalten von Sanktionen ist für Eltern schwieriger als für Kinder, besonders wenn es um Fernsehverbote geht. Möchte man die zum Beispiel am Sonntagmorgen um acht einhalten? Nein? Na bitte. Ich nahm mir vor, mit Augenmaß vorzugehen.

«Ab sofort keine Worte mehr, die irgendwie mit pupsen, Pipi machen oder Kacke oder stinken zu tun haben. Verstanden?»

«Jawoll, Herr Furzgeneral.»

«Du kannst Papa zu mir sagen.»

«Das ist aber nicht so lustig, Käsebauch.»

«Pass auf: Mama und ich möchten nicht so genannt werden. Wenn du damit nicht aufhörst, bekommst du eine Woche lang kein Eis.»

Es war ein heißer Tag. Eiswetter. Ich liebe es, mit ihm am Kiosk ein Eis zu essen. Wir sitzen dann nebeneinander auf der Bank, und er erzählt mir unglaubliche Geschichten aus dem Kindergarten. Die meisten handeln von Würmern.

Nick fing sofort an zu heulen. «Kein Eis? Eine Woche?»

Er weiß ja gar nicht, wie lange eine Woche dauert. Eine Woche ist für Nick dasselbe wie zwanzig Minuten oder vier Jahre. Er lief zu Sara und beschwerte sich. Ich lief hinterher.

«Das ist ein Scheißpapa», brüllte er.

«Patsch. Das war's. Eine Woche kein Eis.»

Nick weinte fürchterlich. Tränen nässten sein T-Shirt ein. Er schluchzte und fing vor lauter Kummer zu stottern an, als er mich davon überzeugen wollte, ein braver Junge zu sein. Ich nahm ihn auf den Arm, bis er sich wieder beruhigt hatte. Dann fragte er: «Ist die Woche schon rum?» Und ich antwortete: «Ja. Gerade so.» Dann gingen wir zum Kiosk. Er aß ein Spongebob-Eis und berichtete von einem gewaltigen Popel, den er am Abend zuvor in seiner Nase entdeckt hatte.

Ich glaube, ich habe dennoch einen Teilerfolg errungen. Heute Morgen latschte Nick über meine Schienbeine, ließ sich fallen, blies mir ins Gesicht und sagte: «Hallo, mein alter Kumpel.» Keine Leibesöffnungen, keine Körpersäfte, keine Gerüche. Ich war wirklich und ehrlich gerührt. Vielleicht haben wir die Stinkepo-Phase überstanden.

Tamagotchi

Viele Männer besitzen irgendein zumindest aus weiblicher Sicht fragwürdiges Jungsspielzeug: Kettensägen, Aufsitzmäher, Eisenbahnen. Ich habe mal von einem Typen gelesen, der eine riesige Satellitenschüssel sein Eigen nannte, mit welcher er Fernsehsender aus der ganzen Welt sammelte. Er sah sich deren Programme nicht an, sondern katalogisierte lediglich alles, was er einfing. Die Antenne befand sich in seinem Reihenhausgärtchen und war so groß, dass man damit wahrscheinlich Telefongespräche in Ulan-Bator abhören konnte. Auf dem Foto in der Zeitschrift stand der Mann neben seiner Schüssel und sah auf eine rührende Art geschieden aus.

Ich habe kein solches Hobby. Ich schnüffele nicht an Weinkorken, baue keine Flugzeuge und laufe auch nicht mit selbstgebauten Geräten durch die Nachbarschaft, um Energiequellen oder Bodenschätze aufzustöbern. Aber ich besitze eine Espressomaschine. Und das ist beinahe dasselbe.

Sara nennt sie «das Tamagotchi». So hießen vor zehn Jahren winzige, grobgepixelte Computerwesen, die man ständig mit sich rumschleppen musste, um sie zu füttern und zu hegen. Wenn man sie vergaß, gingen sie ein. Wie meine Espressomaschine.

Ich wollte sie erst gar nicht haben. Ich war ganz zufrieden mit meiner alten Maschine, jedenfalls solange kein Besuch im Haus war. Es handelte sich dabei um ein antiquiertes Modell des Herstellers Pavoni. Es mag fünfzig oder sechzig Jahre alt gewesen sein und sah aus wie eine Stabgranate aus Messing. Man musste es an der Rückseite aufschrauben, dann passte Wasser für zwei Tässchen Espresso hinein. Der Kaffee schmeckte wunderbar, aber der aus jeder Ritze des Maschinchens entweichende Dampf war so furchterregend apokalyptisch, dass es nur «Tschernobyl» genannt wurde. Leider musste man das Ding unter höchster Verbrennungsgefahr für jede weitere Tasse erneut öffnen, um Wasser nachzugießen. Bei sechs Gästen ein unfassbar zeitraubender und gefährlicher Prozess, der jede Konversation der vor Angst gelähmten Zuschauer verstummen ließ. Da ich mich entweder am Deckel verbrannte oder am Dampf verbrühte und mich daher zu einem mäßig engagierten Gastgeber entwickelte, schleppte Sara mich irgendwann in ein Espressomaschinengeschäft. Dort saßen gelangweilte Italiener herum und warteten auf deutsche Kundschaft. Ich wette, die Verkäufer dort trinken ihren Kaffee am liebsten aus den kleinen Aluminiumkännchen, die es in jedem italienischen Haushalt gibt und die nicht mehr als acht Euro kosten.

Der Laden sah aus wie eine Mischung aus einer Intensivstation und einer Spielothek: überall blitzende und funkelnde Geräte mit Hebelchen, Knöpfen, Schaltern, Uhren und Schläuchen und Brühköpfen und verchromten Wasserkreisläufen. Willkommen in der Profiwelt des Espressomachens, wo den ganzen Tag Paolo Conte läuft und Grissinistäbchen geknabbert werden. Hoch die Tassen auf ein Leben in der Breitcordhose der mediterranen «l'arte di vivere». Wir kauften eine hochprofessionelle Maschine. Und eine Mahlmaschine. Und eine Schublade für den Kaffeesatz, einen Pulverfestdrücker, ein Milchschäumkännchen, eine hässliche Wasserfilterkanne mit neun Wasserfiltern, zwei Kilo Espressobohnen sowie Espressotässchen für zehn Gäste.

Seitdem überwache ich den Zustand meines Tamagotchi. Natalya, unser Au-pair-Mädchen, hat es nämlich bereits einmal eingehen lassen. Da waren wir nicht da. Sie ließ das Tamagotchi zwei Tage eingeschaltet, überprüfte aber seinen Wasserstand nicht. Zur Strafe verabschiedete es sich ins durchgeschmorte Heizstab-Nirvana und schmiss vorher alle Sicherungen raus. Die Reparatur war teuer. Ich schenke seit der Rückkehr des Tamagotchi ständig sorgsam entkalktes Wasser nach. Ich spüle Brühköpfe aus und putze die milchsäurebakteriell unwägbare Schaumdüse. Man kann das fast schon ein Hobby nennen. Aber ich bekomme auch etwas dafür. Nach zwei doppelten Espressi aus meinem Tamagotchi fühle ich mich wie Lance Armstrong nach Blutdoping. Aaaaaahh! Auf zur Bergetappe!

Das demenzielle Syndrom

Es gibt da einen Werbespot, der mir echt Angst einjagt. Er läuft bei den öffentlich-rechtlichen Programmen, richtet sich also eher an ältere Mitbürger und handelt davon, wie ein Herr in einem hellen Trenchcoat einem anderen Herrn begegnet, den er freundlich grüßt. Leider fällt ihm jedoch der Name seines Gegenübers nicht ein, deshalb stammelt er: «Guten Tag, Herr, äh, hmm.» Der Rest des Spots ist nicht so wichtig, aber kurz nach dieser Spielszene wird ein Begriff eingeblendet, der wirklich rockt. Da steht nämlich: «Demenzielles Syndrom». Was wollen uns die Werbeagentur und ihr Kunde, ein Hersteller von Mitteln gegen das Vergessen, damit sagen? Etwa, dass wir alle ein bisschen plemplem sind, wenn uns der Name eines Herrn nicht einfällt, den wir zuletzt als Latexwurst verkleidet auf dem Karnevalsball der Freiwilligen Feuerwehr Pinneberg gesehen haben? Da muss ich doch entgegenhalten: Wenn wir den Namen jetzt parat hätten, würde doch wohl viel eher etwas mit uns nicht stimmen. Ich jedenfalls brauche eine Ewigkeit, bis sich Namen und Gesichter in meinem Gehirn zu einer Person verbinden. Diesbezügliche Informationen krauchen bei mir schneckenartig von Synapse zu Synapse.

Selbst Ehepaare, die schon bei uns zum Essen waren,

kann ich nicht von solchen unterscheiden, die ich immer schon einmal einladen wollte, oder jenen, deren Bestandteile längst geschieden sind oder ohnehin nie zusammengehörten. Ist das schon ein Zeichen von Demenz oder lediglich Ignoranz? Letzteres ist eine Annahme von Sara, die mich neulich schalt, mich nicht genug für ihre alten Schulfreunde zu interessieren, um ihre Namen zu behalten. Da ist was dran. Sie macht sich manchmal einen Spaß daraus, bei Partys oder anderen Stehveranstaltungen an mich heranzutreten und mir von der Seite ins Ohr zu flüstern: «Du hast keine Ahnung, mit wem du dich da gerade unterhältst, stimmt's?» Meistens hat sie recht. Sie hat sich deshalb angewöhnt, Leute immer mit Namen zu begrüßen, damit ich mich wenigstens daran erinnern kann, dass ich ihn schon einmal gehört habe. Meine kognitiven Fähigkeiten entsprechen jenen eines Cockerspaniels, der die Ohren spitzt, wenn er ein vermeintlich vertrautes Wort hört.

Ich kann aber nicht nur Namen nicht behalten, ich kann mir überhaupt nichts merken. Teile meines Hirns nehmen erst dann ihre Tätigkeit auf, wenn ihnen klar ist, wofür diese von Nutzen sein könnte. Warum sollte sich mein überlasteter Arbeitsspeicher mit dem Namen einer Schulkameradin meiner Frau abquälen, wenn ich diesen Namen niemals von selber benötige? Wieso muss ich mir merken, wie man sehr guten Crêpe-Teig macht, wenn ich jederzeit in einer zerfledderten Kladde nachsehen kann? Dabei freue ich mich jedes Mal über die glamouröse Information, dass man zerlassene Butter einrühren muss. Wenn ich das Rezept im Kopf hätte, gäbe es mir nichts. Außerdem wäre eine Gehirnzelle bereits besetzt, wenn eine weit wichtigere Information anklopft, die man dringend in seinem Kopf und in seinem Herzen aufbewahren muss (Beispiel: Es lohnt sich, alte Steely-Dan-Platten anzuhören).

Ich bin also keineswegs dement, und Sie sind es auch nicht, bloß weil Sie nicht wissen, wo genau Kabel 1 auf Ihrer Fernbedienung liegt. Sie und ich, wir haben einfach Besseres zu tun, als sämtliche öden Umweltinformationen abzuspeichern. Lassen Sie sich von der doofen Fernsehwerbung nicht verunsichern.

Schön wäre, wenn der TV-Spot folgendermaßen abliefe: Der Mann sagt also: «Hallo, Herr, äh, hmm. Ach, wissen Sie was? Ich habe keinen Schimmer, wer Sie sind, und Ihnen geht es sicher genauso. Kommen Sie, wir gehen in einen Pils-Pub und stellen uns noch einmal richtig vor.» Dann gehen sie in einen Pils-Pub, verlieben sich ineinander und fangen noch einmal ganz von vorne an. Und am Ende erscheint das Logo eines Herstellers von Trenchcoats. Zum Beispiel, äh, hmm. Die Marke habe ich gerade vergessen. Ist ja auch egal.

Schlafen

Nick wollte nicht schlafen. Will er nie. Erst recht nicht, wenn sein Opa da ist. Das ist mein Schwiegervater Antonio Marcipane. Er ist zu Besuch, denn seine Frau Ursula fuhr für eine Woche mit ihren Freundinnen auf Kegeltour. Sie war kaum aus der Tür, da rief er bei uns an und beschwerte sich darüber, in der heikelsten Phase seines Lebens von seiner Frau im Stich gelassen worden zu sein.

«Was denn für eine heikle Phase?», fragte ich erstaunt.

«Bin ni mehr soo gut in Schusse», antwortete er tonlos.

«Was soll das heißen? Bist du krank?»

«Ni direkte krank, aber wiesolli sage, bin auf ein Art desperat.»

Er klagte über Schlafstörungen und Kopfschmerzen, ausgelöst durch die Einsamkeit.

«Was denn für eine Einsamkeit?»

«Weißte du nickte, mein Frau hatte sie mick einfack verlassene!»

«Antonio, das war heute Morgen um zehn. Jetzt ist es Viertel nach zwölf. Ich glaube kaum, dass du seitdem Gelegenheit zum Schlafen hattest.»

Ich hörte, wie er die Augen verdrehte.

«Was weißte duu schonn fur der Einsamekeite von alte Leut'?»

Wenige Augenblicke später hatte er ein Taxi bestellt und fuhr auf meine Einladung hin zum Bahnhof. Abends gegen acht holte ich ihn vom Zug ab. Er war ausgezeichnet gelaunt, denn er hatte einen Geschäftsmann aus Wiesbaden und eine ältere Dame aus Fürth kennengelernt und ausführlich über seine Lebensgeschichte informiert.

Die Kinder wollten unbedingt warten, bis der Opa da war, also durften sie länger aufbleiben. Sie begrüßten ihn stürmisch, und er sang für sie ein neapolitanisches Lied, von dem ich vermute, dass es einen schweinischen Text hat. Aber beweisen kann ich es natürlich nicht.

«So, und jetzt geht's ins Bett», sagte Sara nach ein paar Minuten.

«Nein, Käsebauch!», schrie Nick.

«Niemals», schrie Carla.

«Doch», sagte ich mit der milden Strenge, auf die ich mir einiges zugutehalte, obwohl sie stets folgenlos bleibt. Ich erziele erziehungstechnisch die Wirkung einer Mischung aus Elliot, dem Schmunzelmonster, und dem schwulen Nachtclubbesitzer aus «Käfig voller Narren».

«Warum in Bett, es ist tage'ell», sagte Antonio und machte den Jesus, stellte sich also vor mich, legte den Kopf schief und zeigte die Handinnenflächen vor, als wolle er ein Sakrament empfangen. Ich fügte mich, obwohl ich Dinge weiß, die Opas nicht wissen: dass Kinder am nächsten Morgen unausstehlich sind, wenn sie zu wenig Schlaf hatten, besonders meine. Dass es unmöglich sein würde, Nick in den Kindergarten zu bringen, und dass er morgen unter Berufung auf die heutige Ausnahme bis Mitternacht aufbleiben würde. Und dass wir um Viertel nach sechs aufstehen MÜSSEN.

Antonio spielte mit seinem Enkel «Autowaschanlage», indem er ihn zwischen zwei Sofakissen zusammendrückte. Er sang ihm italienische Lieder vor, er fütterte ihn mit Parmesan und Eis. Er machte lustige Furzgeräusche und brachte den Kindern «Scopa» bei, ein Kartenspiel. Zwischendurch sagte ich: «Jetzt ist es aber Zeit», und alle um mich herum sahen mich an wie die Spaßbremse vom TÜV, die einem Fiat 500 des Baujahres 1971 ohne Bodenblech partout die Plakette verweigert. Um 23.15 Uhr schlief Nick auf dem Schoß seines Opas ein.

«Siehste, meine liebe Jung. Schlaf ohne der Autorità und Gebrull. Soo iste die Natur.»

Antonio klang wie ein Waldorf-Pädagoge. Er fügte hinzu, dass Müdigkeit bei Kindern von ganz alleine käme, jedoch nicht automatisch um 19.30 Uhr zu erwarten sei. Diese Ansicht habe ich auch mal vertreten, damals, als ich noch keine Kinder hatte.

«Und? Was hast du morgen vor?», fragte ich Antonio, der sich streckte und mit seinem angeleckten Zeigefinger die letzten Käsekrümel aufpickte.

«Mus erst einmaler riktige auschlafe. Brauki viel Schlaf – nack der ganze Stress hier.»

Die europäische Hose

Neulich nachts gegen vier Uhr bin ich auf ein Huhn getreten. Genauer gesagt auf einen Hahn. Es hat höllisch
wehgetan, aber nur mir, dem Hahn überhaupt nicht. Es
war auch bloß ein ganz kleiner Hahn, er maß höchstens
zwei Zentimeter, bohrte sich jedoch wie ein Hornissen-
stachel in meine rechte Fußsohle. Ich fluchte, riss ihn
heraus, verlor das Gleichgewicht und schlug der Länge
nach hin. Dann trank ich ein Glas Wasser und legte mich
schlecht gelaunt wieder ins Bett.

Der Hahn wohnt eigentlich auf dem Playmobilschiff
meines Sohnes. Dort kann man ihn an den Aussichts-
mast klemmen oder an die Reling, wo so ein Hahn hin-
gehört. Keinesfalls gehört er auf den Boden im Flur, erst
recht nicht dorthin, wo möglicherweise Väter nachts ent-
langgehen.

Am nächsten Morgen schmerzte mein Fuß immer
noch. Beim Frühstück stellte ich den Hahn vor meinem
Sohn auf den Tisch und sagte: «Heute Nacht bin ich auf
deinen Playmobilhahn getreten. Kannst du mir mal sagen, was dein Hahn nachts im Flur macht?»

Nick antwortete nicht. Er aß Knuspermüsli. Meine
Frau fragte: «Viel mehr interessiert mich, was du eigentlich nachts im Flur machst.»

«Ich musste was trinken. Und auf dem Weg zur Küche bin ich auf den Hahn gelatscht. Das tut vielleicht weh.»

Sara nahm das Ding in die Hand und sagte: «Ich wette, du hast wieder kein Licht gemacht.»

Da hatte sie recht. Ich bin nachts schon über alles Mögliche gestolpert und gefallen, denn ich mache nie das Licht an. Es ist viel aufregender, im Dunkeln durch die Wohnung zu gehen. Außerdem bilde ich mir ein, dass ich bei Licht richtig wach würde, und das möchte ich nicht.

Vor kurzem war ich in Berlin und wohnte in einem Design-Hotel. Als ich nachts aufwachte, fiel mir der Weg zum Bad nicht gleich ein, und ich entschied, das Licht gegen meine Gewohnheit doch anzumachen. Ich tapste mit den Fingern an der Wand entlang und ertastete einen großen Wippschalter, den ich betätigte, worauf es dunkel blieb. Ich setzte meine Brille auf und forschte weiter. Es dauerte einige Zeit, bis ich den wahren Lichtschalter fand. Schließlich lief ich im Zimmer herum und kontrollierte alles, was ich nachts so kontrolliere, und legte mich wieder ins Bett. Genau in dem Moment, als ich in einen sehr bemerkenswerten Traum glitt, pochte es an der Tür. Es pochte abermals. Ich entschied, dass das Pochen nichts mit meinem Traum (es ging um den Kauf einer Hose in Paris und die überraschende Erkenntnis, dass Klaus Wowereit in Paris als Hosenverkäufer arbeitet) zu tun hatte. Ich hörte auch leises Rufen: «Hallo? Hallo? Herr Weiler?» Ich schreckte hoch und tastete über die Wand, um Licht zu machen. Ich hieb auf den großen Wippschalter, es blieb dunkel, ich rief «Moment» und stolperte im Dunkeln der Tür entgegen. Davor stand der Mann von der Rezeption.

«Was is'?», fragte ich ihn.

«Ich wollte nur nachsehen, ob alles in Ordnung ist», sagte er.

«Das finde ich anständig von Ihnen, aber warum sollte etwas nicht in Ordnung sein?»

«Weil Sie den Notfallschalter gedrückt haben. Er befindet sich gleich neben dem Bett.»

Der Riesen-Wippschalter. Ich gab zu, den Alarm ausgelöst zu haben, entschuldigte mich und ging wieder ins Bett. Klaus Wowereit nahm eine teure Jeans vom Stapel und sagte: «Das ist DIE aktuelle europäische Hose.» Dann klingelte das Telefon.

«Was is'n nu los?», schnarrte ich in den Hörer.

«Alles in Ordnung?», fragte der Typ von der Rezeption.

«Jaa!»

«Ich meine nur, weil Sie nochmal auf den Schalter gedrückt haben.»

«Ich habe gedrückt, als Sie geklopft haben und ich das Licht suchte.»

«Bitte nicht böse sein, aber ich bin verpflichtet, Sie anzurufen.»

«Ich finde, Sie übertreiben.»

«Auch Hypochonder können ernsthaft krank werden. Und dann sind sie froh, wenn sich jemand um sie kümmert. Gute Nacht.»

Ich denke seitdem über diesen Satz nach. Meine Frau findet nämlich, dass so ein kleines Huhn unmöglich die von mir behaupteten Schmerzen verursachen kann. Kann es aber doch. Und es ist kein Huhn, sondern ein Hahn.

Tipische deutsche Mahn

Unser ukrainisches Au-pair-Mädchen Natalya überrascht mich häufig mit ihrer Klugheit. Seit kurzem weiß ich zum Beispiel endlich, woran es dem deutschen Manne gebricht, nämlich an Würde und Geschmack. Ich verdanke diese Erkenntnis auch Thomas Gottschalk, denn seine Gestalt löste in Natalya einen Gedankengang beinahe metaphysischen Zuschnitts aus.

Dieser nahm seinen Anfang, als wir vor einiger Zeit «Wetten, dass …?» ansahen. Thomas Gottschalk breitete die Arme aus, begrüßte die Zuschauer, und Natalya fragte mit einer Stimme, in der sowohl Neugier als auch Sorge mitschwangen: «Wär iest das?»

Ich antwortete: «Das ist Thomas Gottschalk, der Hohepriester der Fernsehunterhaltung, der berühmteste TV-Entertainer Europas!» Natalya antwortete: «Aha. Sähr interessant.» Das sagt sie immer, wenn sie etwas in unserem Land für sonderbar oder ästhetisch fragwürdig hält. Das letzte Mal sagte sie «Aha, sähr interessant», als ich ihr bei einem Ausflug Blutwurst mit Kartoffeln und Apfelmus bestellte.

«Waruum hat dieser Mahn so scheußlich Sachen aan?», fragte sie nach einer Viertelstunde.

«Das ist sein Markenzeichen», antwortete ich, denn

mir fiel keine andere einleuchtende Antwort ein. Und es stimmt ja auch. Wenig später trat Dieter Bohlen auf. Natalya analysierte, dass «diese alte Mahn sich anzieht wie junge Mahn». Dies sei respektlos, da es nicht nur seine, sondern auch die Würde der tatsächlich jungen Menschen verletze. Im Übrigen sei er zu braun. Das Lied gefiel ihr aber. Gegen Ende der Sendung konstatierte sie, dass der deutsche Mann insgesamt nicht sehr brauchbar sei. Am nächsten Tag saß Natalya in der Küche und blätterte die «Gala» durch. Sie zeigte mir ein Foto von Stefan Effenberg und sagte: «Hier tipische deutsche Mahn.» Die Haare seien zu kurz wie bei vielen seiner Landsleute, der Kopf insgesamt zu rot, das Hemd albern und die Hosen erst recht. Dies sei, schloss sie, alles Hitlers Schuld.

«Hitler ist schuld an der Frisur von Stefan Effenberg? Spinnst du?», antwortete ich empört. Doch dann setzte Natalya zu einer längeren Ausführung an, welche zusammengefasst in etwa lautete, dass Hitler zweifellos den Zweiten Weltkrieg und damit unter anderem die Zerstörung der kulturellen Infrastruktur und der deutschen Innenstädte entfesselt habe. Diese seien nach dem Krieg nicht unter ästhetischen Gesichtspunkten wiederaufgebaut worden, und somit fehle den heutigen Deutschen eine Schule des Sehens, wie sie jeder durchliefe, der in einer schönen historischen Stadt aufwachse. Beim deutschen Nachkriegsmann sei die Tradition einer bürgerlichen Eleganz abgelöst worden durch einen stilistisch unsicheren Modewahn, für den er nicht könne, der ihn jedoch fatal vom Russen, Spanier, Franzosen oder Italiener unterscheiden würde. Ich hatte nicht die Kraft zum Widerspruch, denn ich dachte an die deutsche Volksmode, an Dreiviertelhosen, an Männermauken in Füßlis und schmale bunte Turnschuhe, an das modische Elend in den Fußgängerzonen. Vielleicht hatte sie ja recht. Womöglich sind wir, was unseren Klamottengeschmack betrifft, tatsächlich ein Volk von unerzogenen Kriegswaisen.

Dann schwärmte Natalya vom russischen Mann und erläuterte, dass sowohl Russen als auch Ukrainer viel Sport trieben, überhaupt ausgesprochen lebendig seien und großen Wert auf täglichen Unterwäschewechsel legten. Dass sie sich gerne gut anzögen und in aller Regel betörend charmant seien, was man von Deutschen nicht behaupten könne. Ich dachte an Vladimir Putins Auftritt mit George W. Bush vor Pressevertretern in den USA. Auffallend war der falten- und bauchlose Sitz seines weißen Oberhemdes gewesen sowie die Haltung Putins: wie ein Reckturner vor der Goldkür. Dennoch wandte ich ein: «Putin zum Beispiel ist ein Antidemokrat der übelsten Sorte.» Natalya unterbrach mich: «Mag sein, iest kein Demmokrat – aber hat ein ungelaubliche Knackarsch.»

Aha, dachte ich. Sähr interessant.

Die Shiva des Fernmeldewesens

Es war mir vergönnt: Ich habe bei der Telekom mit einer Göttin telefoniert. Mit der Schutzheiligen des Breitbandkabels, mit der Leitungs-Shiva. Die Geschichte fing enttäuschend an, wie so viele Geschichten über die Telekom enttäuschend beginnen oder enden. Ich wählte die Nummer der Bestellhotline, um einen Anschluss zu buchen, an dem ich wiederum eine DSL-Flatrate zu mieten gedachte, aber es gelang mir nicht, meine Gesprächspartnerin dazu zu bringen, diese Bestellung entgegenzunehmen, denn diese war an eine winzige Bedingung gekoppelt: die Installation einer zweiten Leitung in der Wohnung. Sie verband mich weiter an einen Kollegen, der mir eine ISDN-Anlage verkaufen wollte. Ich will aber keine. Er verband mich beleidigt weiter an jemanden, der mir versicherte, mich zu verstehen, und mich rasch mit einem Mann verband, der sich als «Störungsstelle» meldete. Der sagte: «Das ist ein komplexes Thema.»

«Warum? Ich will doch nur einen zweiten Anschluss in der Bude haben.»

«Aber das ist nicht in drei Minuten erledigt», antwortete er.

«Na und? Muss es doch auch nicht», sagte ich.

«Doch.» Er schilderte mir das Effizienzgebot des Telekom-Callcenters. Ein Gespräch mit einem Kunden dürfe niemals länger als drei Minuten dauern. Wer länger als einhundertachtzig Sekunden mit einem Kunden telefoniere, gelte als ineffizient und gefährde seine Stellung. Daher würden viele der Kollegen Ansprüche stellende oder von der Verzweiflung bereits mürbe Anrufer so lange weiterverbinden, bis sie zu Staub zerfielen. Hauptsache sei, täglich so viele Kundenwünsche wie nur irgend möglich entgegenzunehmen, an Lösungen sei kein Mensch interessiert. In drei Minuten müsse er mich los sein, ob ich das verstehe.

«Ja», log ich und fühlte mich wie ein Grippevirus.

«Und nun verbinde ich Sie weiter.»

«Gibt es denn niemanden bei der Telekom, der mich und meine Bestellung ernst nimmt?»

«Doch, da verbinde ich Sie ja jetzt hin. Das ist eine Nummer, die man nicht von außen erreichen kann. Dort nimmt man sich Zeit, dort hört man zu.»

«Warum ich? Warum tun Sie gerade mir diesen Gefallen?»

«Ich mag Sie. Und ich habe gekündigt. Jetzt ist mir alles egal.»

Es knackte, und dann sagte eine junge Frau ihren Namen und fragte, wie sie mir helfen könne. Wir telefonierten zwanzig Minuten miteinander. Sie war nett. Sie versprach Hilfe. Sie notierte sich alles. Sie bestellte einen Techniker. Wir schieden als Freunde.

Ob es so etwas auch bei anderen Unternehmen gibt? Geheimlogen der Dienstleistungsgesellschaft, in denen nichts waltet als schiere Freundlichkeit und kostenlose Hilfsbereitschaft und Superprodukte mit Superservice? Dann bekäme man bei McDonald's plötzlich nach jahrzehntelangem klaglosen McRib-Runterwürgen den goldenen Schlüssel zu einem Untergeschoss gereicht, in dem zu Burgerpreisen Sternespeisen gereicht würden. Dann würde der Miele-Kundendienst nicht nur Lochfraß beseitigen, sondern auch noch mit den Kindern die Schulaufgaben machen und die Fenster putzen. Wahrscheinlich existiert solcherlei längst für einen kleinen Zirkel von Konsumenten. Lounges in Flughäfen, die nicht mit Bonusmeilen, sondern nur durch gutes Benehmen ihre Tapetentüren öffnen. Wartezimmer, in denen Ärzte sitzen, die zu den Patienten in die Behandlungsräume geschickt werden. Ämter, in denen man mit den Nummern, die man zieht, an hochdotierten Gewinnspielen teilnimmt. Zapfsäulen, die rückwärtszählen. Und die Telekom ist Vorreiter, wenn auch mit einem Service, der so verflixt geheim ist, dass sie ihn nicht bewerben kann. Und genau deshalb glaube ich, dass ich einem Scherz aufgesessen bin. Vielleicht war das Ganze bloß ein Spaß unter Callcenter-Kollegen. Alle haben um die Göttin herumgestanden und gefeixt und lauwarmen Prosecco getrunken. Gleich nach dem Gespräch hat sie meine ganzen Kundendaten kichernd gelöscht. Wie ich darauf komme? Der versprochene Techniker hat sich nie gemeldet. Die Leitung ist töter als tot. Alles ist wie immer. Ich bin wieder auf einer Stufe mit Ihnen allen. Schade.

Golf

Es sei für diesen Sport höööööchste Konzentration vonnöten, sagen Golf-Spieler immer. Und dass es sich sehr wohl um Sport handele, was man alleine daran sehen könne, dass Tiger Woods vollkommen durchtrainiert sei. Die meisten Golfer, die ich kenne, sind aber gar nicht durchtrainiert, höchstens durchgedreht. Ständig liegen sie einem in den Ohren, dass es nicht jedermanns Sache sei, sich vier Stunden lang auf einen hochkomplexen Bewegungsablauf zu konzentrieren. Man solle bitte schön selber einmal spielen, dann werde man ja sehen. Ha!

Und diese Natur!

Ich ging einmal mit einem Freund in Ascona über den Golfplatz und sah dabei zu, wie er – so nannte er das wirklich – eine Lektion in Demut nahm. Diese war beeindruckend, denn es gelang ihm wenig, was ihn aber keineswegs dazu bewog, den Quatsch zu lassen. Es motivierte ihn vielmehr, Stunde um Stunde weiter zu laufen, zu schlagen, zu suchen und wieder zu schlagen. Die meisten Bälle drosch er fahrlässig in die Flora, einer traf mit einem bemerkenswerten Geräusch einen Baum und prallte von dort in einen Tümpel. Ein anderer landete auf einem benachbarten Fairway, von wo ihn mein Freund wieder zurückspielte. Dabei traf ihn beinahe ein fremder Ball am Kopf. Es war alles sehr aufregend. Zur morgendlichen Stimmung trugen Eichhörnchen bei, welche über den Platz huschten, um uns mit ihrem Anblick zu erfreuen. Die Idylle war dermaßen überzuckert, dass ich annehmen musste, die Nager seien tot und würden von hinter Büschen versteckten tamilischen Asylbewerbern an Angelschnüren über den Platz gezogen, um den Golfspielern etwas zu bieten für ihr Geld. So schön war das.

Dieser Freund hat mir danach ein Regelbuch geschenkt. Dort bedient man sich einer Sprache, die einige schöne Wendungen exklusiv verwendet, zum Beispiel jene der «straflosen Erleichterung». Dabei macht man es sich ein wenig einfacher und wird dafür nicht mit einem Strafschlag belegt. Es gibt alleine zur Handhabung der straflosen Erleichterung zahlreiche Regeln, über die man ausgezeichnet diskutieren kann, was den Aufenthalt in der wunderbaren und mit erdnussförmigen Sandkästen aufgewerteten Natur ganz erheblich ausdehnen kann. Ich erlebte dies auf einem Schnupperturnier, zu welchem mich einmal ein golfbegeistertes Ehepaar mitnahm. Ich durfte auch ran, aber nur beim Putten, um die Gefahr für alle Beteiligten gering zu halten. Ich stellte mich nicht zu ungeschickt an, was ich meiner immensen Erfahrung als Minigolfer verdanke. Ansonsten lief ich hinterher und freute mich über die ernste Etikette, auch die der Kleidung. Der amerikanische Schauspieler Robin Williams hat einmal gesagt, Golf sei der einzige Sport der Welt, für den sich Weiße anzögen wie schwarze Zuhälter.

Ständig rannten wir vor der nachfolgenden Gruppe davon. Wir hätten sie überholen lassen müssen, aber das wollte das Ehepaar nicht. Stattdessen hasteten wir wie entflohene Sträflinge über Grün und Rough und suchten Bälle. Es war wie Ostern, bloß ohne Schokolade. Vom Himmel brannte die Sonne, und als wir schließlich am Clubhaus ankamen, fühlte ich mich wie Lawrence von Arabien. Also bestellten wir Bier. Viel Bier, denn die Eheleute hatten als Clubmitglieder einen ungeheuerlichen Mindestverzehr abzufuttern.

Nach etwa zwei Stunden waren sämtliche Löcher diskutiert, und ich ging, um mich straflos zu erleichtern. Dann verließen wir das Clubhaus und ließen Männer und Frauen mit stahlharten Waden unter karierten Hosen zurück. Auf dem Weg zum Parkplatz kamen wir an der Driving Range vorbei. Ob ich das mal versuchen wolle, fragte man mich. Ich versuchte es. Legte den Ball auf eines dieser Abschlaghölzchen und ergriff den Schläger. Ich nahm Maß, holte aus, wie ich es zuvor stundenlang bei meinem Gastgeber gesehen hatte. Für eine Millisekunde gingen Schlägerkopf und Ball eine harmonische Beziehung ein, denn es machte «klick» bei ihnen, der Ball hob ab, sauste weit und immer weiter. Er verschwand auf Nimmerwiedersehen.

Abends sah ich in der Tagesschau einen Bericht über zwei Astronauten, die ihre Weltraumstation verlassen mussten, um irgendwas am Sonnensegel zu reparieren. Da war was kaputt. Ich glaube, das war ich.

Original & FÄLSCHUNG

Laufenten

Unser Privatzoo vergrößert sich ständig. Wir halten bisher eine Katze, zwei Hunde und zwei Wellensittiche und vier Goldfische. Meine Tochter bedauert, dass nicht noch ein Pferd bei uns einzieht, aber dafür fehlt der Platz. Und zumindest bei mir die erforderliche Affinität zu Einhufern jeglicher Art.

Für mich sind Pferde schlanke Kühe ohne Euter und Hörnchen. Unmöglich vorstellbar, einen Huf auszukratzen, mich von einem Araber trösten zu lassen oder sogar auf seinem Rücken zu sitzen. Stallgeruch finde ich störend und Reiten im Fernsehen doof. Man sollte die Tiere in Ruhe und in der Hoffnung, dass sie eines Tages Milch zu geben in der Lage sind, auf satten Weiden grasen lassen und nicht über Hindernisse scheuchen. Man sollte ihnen keine adligen Namen geben. Und beizeiten sollte man sie essen.

Jawohl. Ich könnte mir vorstellen, ein Pferd zu essen. In traditionellen Kochbüchern wird dringend darauf hingewiesen, dass zur Herstellung eines anständigen Sauerbratens ein Pferd benötigt wird, am besten sogar ein Fohlen. Als ich den Wunsch meiner Tochter nach einem Pony mit dem Wort «lecker» quittierte, schrie sie «Tierquäler» und rannte in ihr mit Wendy-Postern eingerichtetes Zimmer. Es bereitete mir einige Mühe, Carla davon zu überzeugen, dass ich nur einen Spaß gemacht hatte. Sie rang mir das Versprechen ab, nie wieder so über Pferde zu sprechen. Ich versprach es ihr und weihte sie in mein kleines Geheimnis ein. In Wirklichkeit nämlich machte ich solche Scherze nur, weil ich, na ja, weil ich: Angst vor Pferden habe. Da lachte sie mich an, dann lachte sie mich aus. Und alles war wieder gut.

Wir haben uns also gegen ein Pferd, aber für zwei indische Laufenten entschieden. Sie wurden angeschafft wegen der sechs Millionen Untermieter, mit denen wir den Garten teilen. Den Schnecken. Mit und ohne Haus. Früher mochte ich Schnecken. Ich ließ sie ihr Gepäck über meine Hand schleppen, ich sah ihnen beim mühsamen Überqueren der Gartenliege zu, störte mich auch nicht am Schleim auf meiner im Rasen abgelegten Zeitung. Alles war dufte mit mir und den Schnecken. Dann fraßen sie den Salat.

Zunächst versuchten wir die Bierfalle. Wir vergruben Halblitergläser mit Andechser Urbock Dunkel vor dem Salatbeet, und die Schnecken plumpsten der Reihe nach hinein, Oktoberfestbesuchern nicht unähnlich. Das war eine Sauerei. Wir zerschnitten die Schnecken mit einer Gartenschere; eine barbarische und sinnlose Methode. Wir streuten Schneckenkorn, welcher Kollegen aus weit entlegenen Gärten anlockte und grausam entstellte Leichen zeitigte. Und dann kauften wir zwei indische Laufenten.

Das sind sehr sympathische Tiere. Sie sehen aus wie gefiederte elsässische Rieslingflaschen und fressen nicht nur die Schnecken, sondern vor allem deren Eier. Kinder lieben Enten. Zuerst bekamen sie Namen. Nick schlug vor, sie Entenkacke und Pupsack zu nennen, wurde aber überstimmt. Wir entschieden uns für Doctor Burke und Doctor Shepherd, das sind Saras Lieblingsärzte aus «Grey's Anatomy».

Der erste Tag mit ihnen war wundervoll. Wir folgten ihnen überallhin. Sie fraßen Schnecken, quakten und kackten in den Rasen. Abends wollten wir sie in den Stall treiben, den wir ihnen haben bauen lassen, damit sie nicht der Fuchs holt. Aber Dr. Burke und Dr. Shepherd wollten nicht in den Stall. Sie liefen unter die Johannisbeeren und machten sich ganz klein. Wir riefen: «Dr. Burke, Dr. Shepherd in die Notaufnahme! Halloo!» Schließlich versuchte ich, sie wie aufsässige Globalisierungsgegner mit dem Gartenschlauch aus ihrem Versteck zu spritzen. Sie quakten. Ich stocherte mit dem Rechenstiel. Sie quakten. Ich wartete. Gegen Mitternacht gelang es mir, sie mit entwürdigenden Lauten und Bewegungen in den Stall zu locken. In den Tagen darauf wiederholte sich die Prozedur. Sie haben sich inzwischen daran gewöhnt und laufen bei anbrechender Dunkelheit unter die Johannisbeeren, wo sie quakend auf mich und meine Abendschau warten. Ach, hätte ich doch ein Pferd gekauft! Vielleicht kann man Pferde auf Schnecken abrichten.

Dementsprechend traurig

Rasenmäher gehören zu jenen Gegenständen, die man nicht besonders häufig kauft, alle zwanzig Jahre ungefähr. 1984 lebte ich noch bei meinen Eltern. Sie besaßen einen weißen kleinen Mäher mit Benzinmotor, der ungeheuerlich qualmte und den man mit einer mehrfach geknoteten Kordel in Gang bringen konnte, was ihn heftig zittern ließ. Der ganze Mäher schüttelte sich gewaltig, worauf auch ich vibrierte wie ein einhundertachtzig Zentimeter großer Pudding. Dann wackelte ich über den Rasen des elterlichen Gartens und mähte Bahn um Bahn. Das feuchte Gras verstopfte regelmäßig den Eingang zum Fangsack, durch welchen die Halme stachen, wenn ich ihn zur grünen Tonne schleppte. War das Gras hoch oder das Wetter schlecht, konnte das Mähen dauern. Dann erwies sich der kleine weiße Mäher als Wiederkäuer und kotzte Graswürste aus, die ich anschließend mit dem Rechen zusammenschob. Trotzdem mähte ich als Junge gerne, weil ich die Ordnung mochte, die ich auf diese Weise herstellte: bespielbares Grün in sichtbaren Bahnen. Ich mähte sogar so gerne, dass ich mich durch die halbe Nachbarschaft zitterte, um für fünf Mark jedermanns Rasen zu schneiden.

Noch heute liebe ich am Stadionbesuch die Sicht auf

den makellosen Rasen. Ich hörte einmal von einem Hersteller für Fußballrasen, der jedes Mal einen Wutanfall bekam, wenn er im Fernsehen sah, dass ein Fußballspieler auf den Rasen rotzte. Ich kann den Mann gut verstehen.

Ich habe jedenfalls noch nie einen Rasenmäher gekauft, aber nun war die Anschaffung fällig. Mit vierzig sollte man ein Kind gezeugt, einen Baum gepflanzt und einen Rasenmäher erworben haben. Ich betrat hierzu die Filiale einer Baumarktkette und schritt auf die Rasenpflege-Abteilung zu, wo ich kleine weiße Rasenmäher vermutete. Zitternde kleine Qualmmäher. Doch nichts dergleichen stand dort. Die Rasenmäher aktueller Bauart sehen alle aus wie französische Kleinwagen. Sie haben steindumme Namen, aber sie können mulchen.

«Sie können was, bitte?»

«Mulchen», antwortete der Verkäufer in der grünen Latzhose. Und das sei noch lange nicht alles. Ob ich einen Elektromäher oder einen Benzinmäher suche. Ein Elektromäher kommt für mich natürlich nicht in Frage. Schon in meiner Kindheit waren Besitzer von Elektromähern für mich das Allerletzte, und bis heute rangieren sie abgeschlagen noch weit hinter Gasgrillern. Der Verkäufer schritt voran und zeigte mir allerhand Modelle, die das Gras auf drei bis acht Zentimeter Länge kürzen, sich selber anschieben und eine Füllstandsanzeige im Fangkorb besitzen. Manche können Laub sammeln, andere verbrauchen bloß einen Liter Benzin pro Sommer, und wieder andere wiegen nur zwanzig Kilo. Der Verkäufer verwendete ständig das Wort «dementsprechend»: «Wenn Sie hier an dem Regler drehen, mäht er dementsprechend kürzer.» «Der Fangkorb lässt sich dementsprechend lösen, und dementsprechend wird das Gerät gestartet.» Ich fragte ihn, was denn der Rasenmäher dementsprechend koste, und er antwortete: «Der kostet dementsprechend 1600 Euro.» Es war nicht der Preis, der mich deprimierte, sondern die Tatsache, dass ich dafür offensichtlich nicht bekam, was ich wollte.

«Haben Sie auch kleine weiße, stinkende Rasenmäher? Ich suche ein ganz lautes und stark vibrierendes Modell mit einem Fangsack. Ohne Füllstandsanzeige und ohne Mulch.»

Der Verkäufer sah mich lange an. Dann sagte er: «Da werden Sie wahrscheinlich auf dem Trödelmarkt oder beim Wertstoffhof dementsprechend fündig.»

Ich rief meine Mutter an, denn ich dachte, ich könnte meinen Eltern ihren Mäher abkaufen, aber sie hatten ihn bereits vor zehn Jahren außer Dienst gestellt, und nun befand er sich im Rasenmäherhimmel, wo er dementsprechend Graswolken mäht und zittert. Ich habe also einen neuen Rasenmäher kaufen müssen. Er ist für einen Benziner ziemlich geräuscharm. Er hat eine Schnittbreite von sagenhaften sechsundfünfzig Zentimetern und Radantrieb. Ich hasse das Ding. Wir mähen zusammen den Rasen, damit hat es sich allerdings dann auch schon. Es vibriert kein bisschen und ich auch nicht. Ich bin kein Nostalgiker, aber manchmal finde ich neue Dinge dementsprechend langweilig.

Nick und der Flawiwo

Nick und ich saßen vor dem Fernseher. Wir sahen das Training zum Formel-1-Rennen an, weil es draußen regnete und wir nichts Besseres mit unserer Zeit im mallorquinischen Ferienhaus anzufangen wussten. Gerade eben hatte Nick meine Frage nach seinen Geschenkewünschen zum fünften Geburtstag beantwortet («eine Mion Flaschen Fanta und ein Fliegmotorrad»), nun staunte er über den Kommandostand des Renault-Teams.

«Wer ist der Mann mit der blauen Brille?», fragte Nick.

«Das ist Flavio Briatore, der Chef von den hellblauen Rennwagen.»

Nick war mäßig beeindruckt. Aber er ist auch mäßig beeindruckt von Naomi Campbell und Heidi Klum. Andernfalls hielte er Flavio Briatore sicher für einen ganz tollen Hecht.

«Und was macht der Flawiwo da?»

«Der Flawiwo kontrolliert, ob seine Rennwagen genug Luft im Reifen haben, ob die Bremsen zu heiß sind und ob noch genug Benzin im Tank ist.»

«Kontrolliert der auch, ob die Waffen haben?»

«Wer?»

«Die Rennfahrer. Wenn die Waffen hätten, könnten

die sich gegenseitig volle Möhre aus dem Auto schießen.»

Was für ein entzückender Gedanke. Boxenstopps wären dann noch viel spektakulärer, weil man sie als Drive-
by-Shootings inszenieren könnte. Ich verneinte trotzdem,
und Nick verlor schlagartig das Interesse an der Formel 1.
Wir beschlossen, einkaufen zu gehen, und fuhren zum
großen Iper-Supermarkt.

Ich liebe dieses Geschäft, denn es ist riesig groß und
auf wenige Grad über null temperiert. Nicht nur das Gemüse bleibt dort knackig frisch, sondern auch die Kunden. Bei Iper haben sie lebende Langusten, die in einem
Aquarium darauf warten, ihrem Schöpfer oder wenigstens einem ambitionierten deutschen Hobbykoch entgegenzutreten. Das ist ein Grund für Nicks begeisterte
Teilnahme an Einkaufsfahrten. Der andere liegt zu Tau-
senden in spanischen Supermarktregalen: Geschenke.
Kostenlose Beigaben. Er sucht überall danach, und meistens findet er etwas: acht Gläschen Leberpastete mit
Auflaufform. Hundefuttertüten mit angeklebten Luft-
befeuchtern. Marmelade mit sechs Tattoos. Haushalts-
schwämme mit Käsereiben. Diesmal bog er mit einer Ver-
packung um die Ecke, die nicht nur zwei Kilo Spaghetti
aus spanischer Herstellung enthielt, sondern zusätzlich
eine batteriebetriebene Spaghettigabel mit sich drehen-
der Spitze. Nick war außer sich.

«Eine Gabel, eine Drehgabel. Papaaaa, eine Gabel.» Er
hyperventilierte vor Begeisterung. Ich liebe diesen Zustand bei ihm, also kauften wir die Nudeln mit der Gabel.
Zurück im Ferienhaus, funktionierte sie für genau drei-
undachtzig Sekunden, dann rührte Nick ein Blumenbeet
im Vorgarten um, die Forke brach vom Schaft, und Nick

fing an zu heulen. Aber der Motor im Inneren der Gabel surrte weiter. Ich drückte auf den Knopf, mit dem Nick die Gabel in Bewegung gesetzt hatte. «RRRRRRRRRR.» Der Motor lief weiter, welch ein braves kleines Motörchen. Ich drückte an dem Ding herum, suchte ein Batteriefach, fand keines. «RRRRRRR.» Der Motor lief. Er lief den ganzen Abend. Ich hörte ihn in der Küche surren, als wir ins Bett gingen, und als Erstes am nächsten Morgen. «RRRRRRRR.»

«Schmeiß das Ding weg», sagte Sara, der das Teil auf die Nerven ging. Also landete die kaputte Gratisgabe in einer großen schwarzen Mülltüte, die ich vor der Fahrt zum Strand im Kofferraum verstaute. Niemand im Auto sprach. «RRRRRRR.» Ich hielt am Müllcontainer und versenkte die Tüte darin. Einige Kilometer später sagte Nick, der offenbar noch nach einer Rettungslösung für seine bereits entsorgte Drehgabel suchte: «Ich habe eine Idee. Vielleicht kann der Flawiwo mal kontrollieren, was mit der Gabel los ist.»

Ich grüble seitdem darüber nach. Was Flavio Briatore wohl denken würde, wenn er eine abgebrochene, surrende Spaghettigabel von einem deutschen Kind geschickt bekäme? Wer weiß, vielleicht freut er sich ja. Ich fahre nachher nochmal zum Container.

Hausaufgaben

Habe beim täglichen Altern gerade wieder erhebliche Unzulänglichkeiten an mir festgestellt. Oder: Ehrlich gesagt habe nicht ich diese festgestellt, sondern Carla. Sie erbat meine Gesellschaft bei den Hausaufgaben, mit deren Anfertigung sie rechtzeitig am Sonntagabend gegen 19.00 Uhr begann. Ich fand das ein bisschen spät, musste mich aber dahin gehend belehren lassen, dass sie vorher keine Zeit gehabt habe und dass Schule schließlich nicht alles im Leben sei und ich das schon noch lernen würde. Sie gab ihrer Hoffnung Ausdruck, dass ich mich ein wenig entspannen würde, wenn sie aufs Gymnasium käme.

Carla neigt zu einer für eine Neunjährige sehr abgeklärten Weltsicht. Vor einigen Tagen veranstaltete ihre Schule einen Spendenlauf für bedürftige Kinder. Dieser sah vor, dass die Teilnehmer um den Sportplatz laufen sollten und ein Sponsor dann für jede gelaufene Runde eines Schülers einen gewissen Betrag spendete. Ich fragte Carla, wie ihr das gefallen habe, und sie antwortete: «Die hätten mir genauso gut vorher sagen können, wie viel sie brauchen. Dann hätte ich das selber gespendet und mir die dämliche Rennerei erspart.» Ich mag Sport, aber ich finde, sie hatte recht.

Nun saß sie am Küchentisch und jammerte über die

Sinnlosigkeit des Seins. Ich setzte mich zu ihr, und wir sahen die Aufgaben an. Zahlen. Verbunden mit Rechenzeichen. Endlose Zahlenkolonnen marschierten über das weiße Arbeitsblatt wie Flüchtlingsströme an einem Wintertag. $515+39+197+153$. Addieren und Quersumme bilden. Zwanzig Aufgaben. Dreißig. Dann dasselbe nochmal, aber mit Subtrahieren. Sie beugte sich wie ein kafkaesker Buchhalter über die Zahlen und schmierte das Ergebnis von $186+235+37+328$ aufs Papier. Ich bekam Mitleid, aber ich durfte es nicht zeigen, im Gegenteil. Sie erwartete von mir Erklärungen. «Das muss man können», sagte ich.

«Wofür?»

«Für später.»

«Um später was zu tun?»

«Um es später zu können.»

«Wofür?»

«Himmelarsch, keine Ahnung! Rechnen kann man gut gebrauchen, und zwar für alles Mögliche.»

Schriftlich addieren ging noch. Das kann ja jeder. Wir begaben uns zum Abziehen. Schon etwas mühsamer. Dann «teilen», wie ich sagte. Carla sah mich kopfschüttelnd an und sagte: «Das heißt dividieren.» Ach so, stimmt. Ich erinnere mich düster, dass dabei so ein schräger langer Bart entsteht und dass es sehr einfach ist, aber ich wusste nicht mehr, wie der Bart zustande kam. Von wegen *divide et impera*: Weder teilte noch herrschte ich. Carla zeigte mir, wie man dividiert. Sie war ganz zufrieden. Dann mussten wir «malnehmen», wie ich es nannte. Ich hatte keinen Schimmer, was zu tun war.

«Du kannst nicht schriftlich multiplizieren?», frohlockte Carla.

«Doch schon, aber es ist mir momentan entfallen.»

«Das ist doch pipieierleicht.»

«Ist es gar nicht», maulte ich.

Sie zeigte mir, wie es geht, ich bekam es nicht auf Anhieb hin. Es ist so lange her. Dreißig Jahre, da kann man doch mal was vergessen.

«Gib's zu, du schnallst es nicht», verlangte Carla.

«Okay. Stimmt. Zufrieden?»

«Und ich dachte, man kann es gut gebrauchen, wenn man groß ist!?»

«Das ist auch so», jammerte ich.

«Na, dann mach das mal schön zu Ende, und ich sehe es mir später an.» Sie stand auf und ging ins Wohnzimmer. Ich hörte, wie sie mit einer Freundin telefonierte, dann sah sie fern. Ich brauchte zwanzig Minuten für ihre Multiplikationen. Und die meisten stimmten sogar, wie sie mir mitteilte, nachdem sie alles nachgerechnet hatte. Ich bekam noch ein Küsschen, und dann musste ich ins Bett. War ja schon spät.

Der Preis des Sieges

Sara ist seit meinen hoffnungslosen Versuchen, unserer Tochter bei den Hausaufgaben zu helfen, der Meinung, ich leide unter Dyskalkulie. Das ist so etwas Ähnliches wie Legasthenie, bloß mit Rechnen. Ich fühle mich gebrandmarkt, und das schmerzt, weil es meine Autorität untergräbt.

Als ich nämlich tags darauf meine Tochter bat, sich die Zähne zu putzen, antwortete sie: «Lern du erst mal rechnen.» Das fand ich frech, und sie fügte hinzu: «Wenn du ein Vorbild sein willst, musst du alles können, was ich können soll.»

«Schön, aber jetzt wird nicht gerechnet, sondern Zähne geputzt. Und da bin ich dir ein großes Vorbild.»

«Aber du putzt gar nicht.»

«Ich gehe auch jetzt nicht ins Bett.»

«Müsstest du aber als gutes Vorbild.»

«Es ist erst acht Uhr, da gehen Erwachsene noch nicht ins Bett.»

«Tolles Vorbild bist du.»

«Musst du eigentlich immer das letzte Wort haben?»

«Woher soll ich denn wissen, dass dir nichts mehr einfällt?»

Später am Abend dachte ich darüber nach, was man alles draufhaben muss. Eigentlich nicht viel: Lesen, Schreiben, Rechnen, dazu einige Tugenden. Talent für irgendwas ist nicht übel, Geschmack auch nicht. So kommt man passabel durchs Leben. Möchte man sich selbst hingegen mit dem Zuckerguss des Stolzes glasieren, muss man Großes leisten, zum Beispiel einen Kontinent entdecken, was heutzutage nicht mehr so einfach ist, wie es klingt. Es reichen aber auch schon nacheinander weggeturnt ein Aufschwung, zwei Felgen, Kolman-Salto, Felgen, Adler, Felgen, Markelov, Tkatchev gestreckt, Tkatchev gespreizt, Felgen zum Schwungholen, Doppelsalto gestreckt mit zwei ganzen Drehungen, Stand. «Und was habe ich davon, wenn ich das mache?», hätte Carla mich gefragt, wenn sie nicht schon gegen ihren Willen eingeschlafen wäre.

Ja, was hat man davon? Ein Gefühl tiefster Befriedigung, weil man etwas kann, was kein anderer kann. Und einen schönen Preis hat man davon. Wenn alles super läuft, bekommt man dafür eine goldene Medaille umgehängt und ist Weltmeister wie der Turner Fabian Hambüchen. Wenn man Pech hat, erhält man einen scheußlichen Pokal oder eine ebensolche Schüssel oder gar eine Kristallglasskulptur. Meistens sehen Sieger mit ihren Trophäen wie Verlierer aus.

Motorsportler zum Beispiel setzen ihr Leben aufs Spiel, um am Ende etwas überreicht zu bekommen, das aussieht, als stamme es aus der Töpfergruppe einer Nervenheilanstalt. Man kann mit diesen Preisen gar nichts anfangen. Sie haben weder einen praktischen noch einen dekorativen Wert. Ich plädiere deshalb dafür, grundsätzlich nützliche Dinge zu verleihen. Beim Formel-1-Rennen am Hockenheimring gewinnt also zum Beispiel Sebastian Vettel und erhält dafür feierlich eine Schüssel Kartoffelsalat für sich und seine Mannschaft aus der Hand von Frau Hildegard Klawuppke aus Giengen an der Brenz, die im Kartoffelsalat-Wettbewerb der dortigen Volkshochschule obsiegt hat. Auf diese Weise werden gleich zwei Personen geehrt, nämlich Frau Klawuppke und Herr Vettel. Die leergegessene Schüssel kann sie anschließend wieder mit nach Hause nehmen, dann steht sie nicht dumm herum (die Schüssel, nicht die Frau Klawuppke).

Anstatt des Deutschen Fernsehpreises wird ein Handfeger überreicht. Den kann man immer gebrauchen. Der ganz besonders medioker gestaltete Echo wird durch einen Dampfstrahlreiniger ersetzt und der Wimbledonpokal durch eine Universal-Fernbedienung.

Und das mit der Dyskalkulie ist Quatsch. Ich kann sehr gut rechnen, zum Beispiel Euro in Mark um. Ich bin darin perfekt, und komischerweise wird das von meiner Frau gar nicht anerkannt, ganz besonders wenn ich in Schuhgeschäften umrechne. Ich würde mir wünschen, dass Sara meine Fähigkeit stärker honorieren würde. Es muss nicht gleich ein Kartoffelsalat sein, ein kleiner Kofferfisch à la bordelaise würde mir als Auszeichnung schon reichen. In seiner Aluschale sieht ein Schlemmerfilet beinahe aus wie eine Rennfahrertrophäe.

Haselnuss brutal

Die wesentliche Errungenschaft meiner vor kurzem eingeleiteten Lebensphase als Nichtraucher besteht in meinem wiedergewonnenen Geruchssinn. Als ich noch rauchte, diente meine Nase als Ablage für meine Brille. Darüber hinaus konnte ich Rauch aus ihr herausblasen, und zweimal im Jahr verstopfte sie für ein paar Tage, worauf ich mehrere Liter Rotz in Papiertaschentücher schnaubte. Nick jubelte jedes Mal: «Papa macht 'ne Apfeltasche!» Meine Nase führte bisher eine unauffällige Parallelexistenz in meinem Gesicht als nicht zu kleines und zum Glück auch nicht zu großes Organ von normaler Farbe und Beschaffenheit. Keine geplatzten Äderchen, keine sichtbaren Poren, keine vergrößerten Talgdrüsen, alles paletti. Ich war zufrieden, obwohl ich mit dieser Nase beinahe nichts roch. Das ist bei vielen Rauchern der Fall. Wahrscheinlich wäre Helmut Schmidt unter olfaktorischen Gesichtspunkten ein erbärmlicher Staatsmann gewesen, und er kann froh sein, dass es darauf nie ankam.

Kaum dass ich das Rauchen für immer eingestellt hatte, änderte sich mein Leben radikal. Ich begann meine Umwelt mit der Nase wahrzunehmen und ging deswegen kaum noch aus, jedenfalls nicht an Orte wie

Clubs, Bars oder Restaurants, wo das Rauchverbot gilt. Dort fehlt nämlich der Nikotindunst entsetzlich. Neben all seinen schlechten Eigenschaften hatte dieser die hervorragende, dass er den Gestank überdeckte, den man jetzt ungefiltert zu riechen bekommt, sobald sich mehr als drei deutsche Nichtraucher in geschlossenen Räumen begegnen: Es müffelt nach Schweiß, Küchengerüchen, dazu körpereigenen und künstlichen Düften aller Art, was jahrzehntelang dank der verdienstvollen Tätigkeit der Raucher nicht unangenehm auffiel.

Ich bleibe jetzt lieber zu Hause und veranstalte Aroma-Experimente, indem ich mit meinem Freund Albert Rotwein probiere. Er ist ein Fachmann und lehrt mich, mit meiner Nase richtig umzugehen. Albert schenkt aus der ersten Flasche ein und reicht mir das Glas. «Was riechst du?», fragt er mit lauerndem Unterton.

Ich gerate in Prüfungsstress und sage: «Zimt?»

«Quitte», antwortet er enttäuscht. «Quitte. Und Haselnuss.»

«Aha. Können wir das jetzt austrinken?», frage ich.

Albert hebt sein Glas, hält es gegen das Licht, schwenkt es und schlürft den Wein.

«Die Haselnuss kommt ja brutal», ruft er, als habe er einen Impfstoff gegen AIDS entdeckt.

Nächster Wein. Ich rieche Lakritz, Waldboden – und verbranntes Plastik. Das kommt daher, dass ich den Korkenzieher auf die heiße Herdplatte gelegt habe. Albert riecht, schlürft und stellt fest, dass es sich hier um eine feine Lady handele, die ihr Potenzial noch gar nicht richtig entfaltet habe. Der dritte Wein ist ein Blender, findet Albert. Zu viel Säure, keine Power. Für mich schmeckt er wie der erste. Albert sucht nach Worten für den vierten Wein, als es an der Tür klingelt. Draußen steht mein Schwiegervater. Er kommt manchmal überraschend vorbei, um mir zum Beispiel zu erzählen, dass er eine Knieprothese bekommen könne, wenn er wolle. Er brauche zwar keine, kenne aber ein Krankenhaus in Oberbayern, das welche einsetze, weil es eine entsprechende Abteilung aufgebaut habe und dringend Patienten benötige.

«Der deutsche Gesundheitsistem iste total verruckte», sagt er. Dann entdeckt er die Flaschen auf dem Tisch. Nachdem er festgestellt hat, dass kein einziger Italiener dabei ist, beginnt er mit der Beschimpfung aller Franzosen und Spanier, welche die Kunst des Weinmachens von den Italienern abgekupfert hätten.

«Sie kennen sich aus?», fragt Albert.

«Kenn' nienur aus, bini ein Profi in Fragen der guten Geschmack, mein Lieber», ruft Antonio und setzt sich an den Küchentisch. «Kanni beweisen.» Er fordert Albert auf, einen beliebigen Wein in ein Glas zu schütten. Mühelos werde er dann sagen, um was für einen Wein es sich handele. Albert ist entzückt. Unter großem konspirativen Getue befüllt er ein Glas und reicht es Antonio. Dieser riecht kurz. Dann trinkt er das Glas aus. In einem Zug. Er schürzt die Lippen. Albert reckt den Kopf nach vorne und fragt: «Und? Was war's?»

Antonio sieht Albert an und sagt langsam: «Eindeutig. Eine. Rotwein!»

Unfassbar! Seine Nase ist tatsächlich noch besser als meine!

Der
Kindergeburtstag

Seit Monaten sprach Nick von seinem Kindergeburts-
tag. Er plante, seine sieben besten Kumpels einzuladen –
keine Mädchen, bloß keine Mädchen – und tüchtig einen draufzumachen. Ich freute mich darauf, weil ich
selbst immer gerne zu Kindergeburtstagen gegangen
bin. Man spielte damals noch «Reise nach Jerusalem»,
was inzwischen im Verdacht steht, kindliche Traumata
und Versagensängste auszulösen. Außerdem klatschten
wir uns unentwegt gegenseitig Negerküsse ins Gesicht,
was heute als Lebensmittelverschwendung UND als poli-
tisch unkorrekt gilt.

Ich hatte also keine Ahnung von aktuellen Geburtstags-
bräuchen, hörte allerdings davon, dass Eltern Bauchred-
ner, Zauberer und ganze Puppentheaterensembles engagieren, um das Sozialprestige ihrer Kinder zu heben. Ich
dachte auch darüber nach, doch dann las ich in der Zeitung, dass derartige Events manchmal schlimm scheitern,
zum Beispiel im englischen Nottingham. Dort betrat eine
Polizistin einen Klassenraum, um sich erst ihrer Uniform
und dann der Unterwäsche zu entledigen. Ihr Auftritt
löste Begeisterung bei den sechzehnjährigen männlichen Zuschauern aus, endete aber mit dem Einschrei-
ten der Lehrerin, als das Stripgirl einen der Schüler be-

tanzte und ihn aufforderte, sie einzuölen. Später stellte sich heraus, dass die Event-Agentur zwei Termine verwechselt hatte. In der Schule sollte auf Geheiß der Eltern des Geburtstagskindes eigentlich ein Gorilladarsteller auftreten. Wohin dieser geschickt und wie es ihm bei seinem Auftritt ergangen ist, stand leider nicht in der Meldung. Jedenfalls entschieden wir uns für bewährte Kinderspiele.

Vorher sollte es Geschenke und Kuchen geben. Ein gewisser Korbinian betrat unser Heim, wies uns auf seine Nussallergie hin und überreichte eine sündteure Lego-Meeresforschungsstation, die mir zu teuer gewesen war. Er informierte mich darüber, dass sein Vater einen Siebener fahre und im Vorstand sei. Dann begab er sich zu Tisch und griff beherzt zum Nusskuchen.

Arthur schlug Nick zur Begrüßung auf die Schulter, worauf der den Inhalt seines Mundes großflächig über den Tisch sprühte. Dies brachte Bruno zum Lachen, und er lachte so sehr, dass ihm Limonade aus der Nase lief. Alles in allem amüsierten sich die Jungs prima.

Nach dem Kuchen rief ich zum Wattepusten auf. Das kenne ich noch, das ist lustig. Leider stießen Konstantin und Finn nach vierzehn Sekunden mit den Köpfen aneinander, und Finn bekam derart apokalyptisches Nasenbluten, dass ich das Spiel beenden musste, denn ich brauchte die Watte, um Finns Nasenlöcher zu tamponieren. Währenddessen polterte die mit reichlich Zuckerenergie aufgeladene Bande durch die Bude und spielte Verstecken.

Als ich alle wieder zusammengetrommelt hatte, gab es Topfschlagen. Korbinian schlug hemmungslos zunächst auf den Topf und dann auf jeden ein, der ihm zu nahe kam. Es kostete mich mehrere Minuten, ihm klarzumachen, dass er den Topf nicht nach Hause mitnehmen konnte. Ich rief: «Und was machen wir jetzt?», und mein Sohn schrie: «Pimmelkarate.» Ich weiß nicht, was Pimmelkarate ist, und bestand darauf, Blindekuh zu spielen. Aber dazu kam es vorerst nicht, denn Korbinian verwandelte sich plötzlich in ein Monster. Er sah aus wie eine prallgefüllte Wärmflasche mit Glupschaugen. Wir riefen seine Eltern an, und wenige Minuten später erschien der Vorstand mit dem Siebener und schrie mich an, ob ich dem Jungen etwa Nüsse gegeben hätte. Er nahm sein keuchendes Kind und zog ab. Danach spielten wir doch noch ein wenig Blindekuh, was Fünfjährige in unbeschreibliche Aufregung versetzt.

Nach und nach erschienen Eltern, um ihre glühenden Jungs abzuholen. Erst als Brunos Mutter klingelte, fiel mir auf, dass ich ihn länger nicht gesehen hatte. Seit dem Wattepusten, um genau zu sein. Wir suchten Bruno im ganzen Haus, eine halbe Stunde lang. Schließlich baten wir ihn, mal «piep» zu machen, und zehn Minuten später entdeckte Sara ihn halb erstickt unter dem umgedrehten Wäschekorb, wo er seit zwei Stunden Verstecken spielte. Schwer atmend folgte er seiner kopfschüttelnden Mutter. Bilanz der Party: ein Verletzter, ein Allergieschock und ein Vermisster.

Wir brachten Nick ins Bett. Ich fragte ihn: «Und, wie war dein Geburtstag?» Er antwortete: «Es war superduper.» Er schlief mitten im Satz ein. Ein glücklicher Fünfjähriger. Man könnte glatt neidisch werden.

Eine Begegnung im Baumarkt

Manchmal muss man sägen. Ich benötigte also einen Fuchsschwanz und fuhr zum Baumarkt. Ich bin gerne im Baumarkt und berausche mich an Schrauben, riesigen Bohrmaschinen und patentierten Linealen, mit denen man Dübellöcher anzeichnen kann. Ich gehöre zu jenen Kunden, die hauptsächlich den Fünf-Euro-Kram vor der Kasse kaufen. Wir bewahren unglaublich viele original-verpackte Schraubenzieher und zahllose Knick-Leucht-stäbe im Keller auf. Ich habe auch schon Kirsch- und Erdbeerwein im Baumarkt gekauft und eine patentierte Nottaschenlampe fürs Auto und viele, viele Zollstöcke. Die halten bei uns nie lange, weil Nick damit immer Funkgerät spielt und die ausgeklappte Antenne während seiner Polizeieinsätze abbricht. Wir besitzen mindestens sieben Zollstöcke, aber keiner davon ist länger als acht-zig Zentimeter.

Also stand ich vor den Sägen und nahm begeistert zur Kenntnis, dass man mit einem modernen Fuchsschwanz alles zersägen kann, sogar Gasbeton. Ich muss mir mal Gasbeton kaufen. Ich entschied mich für ein sagenhaft gefährlich aussehendes Modell und wollte zur Kasse ge-hen, als ich den Nikolaus sah. Er saß auf einem Klapp-stuhl neben einer deckenhohen Pyramide von in Tannenform gepressten Holzbriketts und schaute deprimiert aus seinem Bart. Ich nickte ihm zu. Er nickte zurück und sagte: «Hier gibt es die original Bickenbecker Tannenbriketts. Tannenbriketts-zehn-Kilo-dreifuffzich.» «Aha», antwortete ich, weil mir nichts Besseres einfiel.

«Sie haben nicht zufällig was zu trinken?», fragte der Nikolaus.

«Was? Meinen Sie Schnaps?» Ich war ein bisschen entrüstet.

«Irgendwas halt», sagte er. Er gab ein vollkommen würdeloses Bild ab, wie er auf seinem Stühlchen neben der Aktionsware saß und um Alk bettelte.

«Sie können doch nicht bei der Arbeit saufen», sagte ich, denn er bereitete mir Sorgen. «Da fliegen Sie doch in null Komma nix raus.»

«Mir egal. Außerdem: Ich kann ja gar nicht rausfliegen.» Er weckte meine Neugier.

«Wieso? Gehört Ihnen der Laden?»

«Der Laden? Nein, aber ich kann meinen Job nicht verlieren. Niemals kann ich meinen Job verlieren, das ist ja gerade das Problem.» Ich verstand kein einziges Wort.

«Was reden Sie denn da? Sie können doch auch irgendetwas anderes machen. Sie müssen doch nicht hier den blöden Nikolaus spielen.»

«Ich bin der Nikolaus», sagte er mit plötzlich aufscheinendem Pathos.

«Schon klar.»

«Sie verstehen mich nicht. Ich bin der Nikolaus. Der echte. Der einzige. Alle anderen sind bloß Imitate. Ich bin der Nikolaus. Und ich habe Durst.»

«Soso. Und was macht der echte Nikolaus in Wolfratshausen im Baumarkt?», fragte ich stark zweifelnd.

«Das frage ich mich manchmal auch. Wissen Sie, ich bin schon seit 1700 Jahren unterwegs. Da kommt man rum. Ich habe auf jedem Kontinent gearbeitet, ich war in jeder Branche tätig. Ich kenne die Königshäuser und die Sozialwohnungen, ich war bei Harrods und bei Aldi, bei den Eskimos und bei den Missionaren im Kongo. Ich habe Süßigkeiten in Trillionen stinkender Socken und Stiefel gesteckt.»

«Das ist doch aber toll!»

«Finden Sie? Die verdammte Schlepperei. Das Gemecker wegen Karies und das Gebrüll der Kinder. Da arbeite ich lieber im Baumarkt. Was soll ich machen? Ich bin nun einmal der verdammte Nikolaus. Und ich habe ja sonst nichts gelernt. Da würden Sie auch saufen, glauben Sie mir. Ich muss das noch viele hundert Jahre machen, bis endlich der Letzte den Glauben an mich verloren hat.» Er sah mich mit wässrigen Nikolausaugen an. «Was ist, kaufen Sie jetzt die Briketts?»

Ich nahm ihm dreißig Kilo Tannenbaum-Briketts ab. Dabei besitze ich gar keinen Kamin. Aber einen Fuchsschwanz. Ich werde Tannenbaum-Brikett-Puzzles sägen. Und auf den Nikolaus trinken. Er lebe hoch, der arme Bursche.

Gewichtstsunami

Meine Frau findet mich gerade etwas zu klein für mein Gewicht. Da ich aber nur noch sehr langsam und ohnehin bloß an Ohren und Nase wachse, muss ich schnell mal ein paar Pfund abnehmen. Habe viel am Schreibtisch gesessen und gearbeitet in letzter Zeit. Das geht immer einher mit einer gewissen Gewichtszunahme. Ehrlich gesagt kann man dazu aber schon nicht mehr Gewichtszunahme sagen, Gewichtstsunami trifft es besser.

Eigentlich liegt es weniger am Essen – ein bisschen vielleicht –, sondern vor allem an der mangelnden Bewegung. Sport wäre jetzt gut. Das sei die neue Religion, las ich neulich. Sehr interessante These. Der moderne Mensch betet seinen Körper an, heiliger Geist steigt auf in Form von Transpiration. Das gefiel mir.

Dann zeigte mir Sara die Zeitungsbeilage eines Sportgeschäftes und rief: «Kauf dir doch ein paar Laufschuhe.» Jogging sei ganz toll, fand sie. Man könne dabei wundervoll nachdenken, die Bewegung verselbständige sich allmählich, übrig bliebe ein wundervolles Glücksgefühl. Und überhaupt: Die Hälfte der Zeit, die ich mit Nachdenken am Schreibtisch verbrächte, könnte ich ebenso nachdenklich durch eine nahe gelegene Schonung rennen. Ich fragte Sara, ob man es nicht umgekehrt machen könne, und schlug ihr vor, mich regelmäßig auf die Couch zu legen und ans Laufen zu denken. An ganz anstrengendes Laufen würde ich denken, ich würde mir schwierigste Waldläufe, ganze Marathonläufe würde ich mir in Farbe ausmalen. Aber sie zeigte nur schweigend auf besonders hässliche Laufschuhe in dem Prospekt.

Der Verkäufer ließ mich zunächst auf Socken durch den Laden laufen, wiegte kritisch den Kopf hin und her und bescheinigte mir dann den Laufstil eines Orks. Das sind die Bösen aus «Herr der Ringe». Wenn die Orks durch Mittelerde rennen, setzen sie die Füße mit der ganzen Sohle auf. Sie trampeln. Ich trample. Ich bin ein Trampel. Ein Ork-Trampel. Der Verkäufer sagte, das bekäme er schon hin, und verschwand im Lager. Nach einigen Minuten kehrte er mit einem Paar Schuhe zurück und sagte: «Das sind Ihre.»

Ich sah die Dinger an und musste lachen. Der Verkäufer fragte mich, was an den Schuhen so komisch sei, und ich antwortete, dass sie aussähen wie medizinisches Gerät, wie bunte Prothesen, wie Spielzeug aus der Weltraumforschung, wie schaumgewordener Quatsch.

«Die sehen bescheuert aus», sagte ich.

«Das ist egal», sagte der strenge Verkäufer.

«Ihnen vielleicht, aber ich muss die ja ansehen.»

«Sie sollen beim Laufen nicht nach unten, sondern nach vorne gucken», sagte er. Und dass es nicht darauf ankäme, wie man beim Sport aussähe, sondern dass man überhaupt welchen treibe. «Das sind Ihre Schuhe», wiederholte er hartnäckig.

Ich kaufte die hässlichen Anfängerlatschen für Trampelfüße, und sie sind sehr bequem. Ich hatte noch keine Gelegenheit, sie im Freien auszuprobieren. Erst mussten sie zu Hause eingetragen werden. Sonst läuft man sich Blasen, und das ist nicht Sinn der Sache. Hat der Verkäufer gesagt. Eine Woche hat das Einlaufen gedauert. Danach bin ich noch nicht dazu gekommen, mit ihnen durch den Wald zu rennen. Am Montag hat es geregnet, und ich wollte nicht, dass die schönen Schuhe schmutzig werden. Am Dienstag hatte ich keine Lust, das muss auch mal erlaubt sein. Am Mittwoch Schnupfen, der sich am Donnerstag zu einer starken Grippe ausgeweitet hat. Am Freitag hatte ich keine Zeit, am Samstag habe ich vergessen, dass ich eigentlich noch zum Laufen in den Wald wollte. Einfach vergessen, wo gibt es denn so was? Und am Sonntag soll man nichts machen.

Heute Morgen stellte Sara mir die Schuhe in den Weg und sagte: «Schicke Schuhe.» Eigentlich wollte ich sie anziehen und mich in Haile Gebrselassie verwandeln. Aber dann fiel mir ein, dass ich noch meine Übungen machen musste. Ich habe nämlich mit Gesichtsyoga angefangen. Das macht die Victoria Beckham auch. Und was für die gut ist, kann mir nicht schaden, immerhin hat sie einen sehr durchtrainierten Gatten. Wer weiß, vielleicht gibt es da einen Zusammenhang. Eine Übung kann ich schon: «Der gähnende Löwe.» Hammer, so was von anstrengend. Ich habe schon mindestens drei Pfund verloren. Mit dem Laufen höre ich auf, glaube ich.

Danger Zone

Es naht der Zeitpunkt, da unsere Tochter in die Pubertät kommt. Carla ist neun, und ich werde noch zweimal wach, dann ist sie vierzehn. Manchmal graut mir davor. Ich fürchte mich vor den Auseinandersetzungen. Als Eltern kann man dabei nur verlieren. Freunde machen diese Phase gerade durch, schrecklich. Es ist bei ihren Nachkommen eine erschreckende Mutation zu beobachten. Kinder, die du als liebenswürdige Geschöpfe voller Anmut und Charme in Erinnerung hattest, verwandeln sich innerhalb weniger Monate in stinkende Monster (Jungs) oder hysterische Amazonen (Mädchen). Wenn die Familie viel Glück hat, verlassen die Jugendlichen diese Danger Zone der Eiterpickel und befleckten Unterwäsche als lebenstüchtige Erwachsene. Einige jedoch verbleiben für immer im Schattenreich der Adoleszenz, machen aber dennoch Karriere. Seltsame Welt.

Zurück zu unseren armen Freunden, die immer sehr auf ein partnerschaftliches Verhältnis zu ihren Kindern bauten. Die Gespräche, eigentlich sind es Gebrülle, haben bei ihnen herrliche Themen wie Hygiene, Drogen, Umgangsformen, Ernährung und Faulheit. Ob das bei uns auch einmal so kommt? Wer weiß. Vielleicht stehe ich eines Tages bei meiner Tochter in der Tür und sage lauter Dinge, die zu sagen ich immer spießig fand und nie vorhatte. Zum Beispiel: «Ich kann nicht ertragen, wie du deine Zeit sinnlos verplemperst.» Oder: «Räum endlich diesen Saustall auf.» Man sollte meinen, dass beide Angelegenheiten in das Selbstbestimmungsrecht der Kinder fallen und die Eltern nichts angehen.

Stimmt aber nicht, denn erstens könnte man ja gemeinsam die Zeit sinnlos verplempern, und zweitens verbergen sich tief unter den Müll- und Klamottenbergen eines Jugendlichen immer irgendwelche Gegenstände, die man schon lange sucht. Zum Beispiel Kombizange, Frischhaltefolie und Bimsstein. Auf die Frage, was diese Dinge im Zimmer der Tochter zu suchen haben, erhält man ganz sicher die Chance zu einer ausgiebigen Kontroverse.

Das ist aber nicht das Schlimmste, was uns blüht. Ich fürchte die Verwahrlosung meiner Tochter weit weniger als ihre Partnerwahl.

Ganz sicher kommt es schon in wenigen Jahren zum Besuch eines ersten Freundes. Ich werde die Haustür öffnen, und eine Mischung aus 50 Cent und Catweazle wird vor mir stehen und fragen, ob Carla zu Hause ist. Ich werde sagen: «Ja.» Und dann wird er sich vorstellen. Das wird entsetzlich unangenehm, denn in Gedanken habe ich bereits einen Eignungstest ausgearbeitet. Er beinhaltet Fragen nach dem Beruf des Vaters, dessen politischen Präferenzen und der Marke seines Autos. Aus seinen Angaben lässt sich schon allerhand ableiten, für den Fall einer zu planenden Hochzeit beispielsweise. Außerdem will ich wissen, woher der junge Mann (ich werde ihn monatelang in Carlas Beisein immer nur «junger Mann» nennen) meine Tochter kennt, ob er ein Instrument spielt, «In der Halle des Bergkönigs» kitschig findet und was er von meiner Tochter will. Wenn er «In der Halle des Bergkönigs» für ein Kapitel aus «Der Herr der Ringe» hält und von meiner Tochter «gar nix» will, kann er gleich wieder abzittern. Wenn er auf die letzte Frage antwortet, er wolle «fummeln», halte ich ihm einen dreißigminütigen Vortrag darüber, wie das in den achtziger Jahren war. Und wenn er dann immer noch nicht abhaut, darf er mit meiner Tochter ins Kino. Ich rufe während des Films achtmal an, um zu fragen, ob sie noch dort sind. So stelle ich mir das vor.

Gestern Abend erzählte ich Carla von meinen Plänen. Ich sagte es im Spaß, natürlich.

«So weit wird's nicht kommen», sagte sie und lächelte mich sphinxartig an.

«Warum?»

«Weil ich meine Freunde schlicht und einfach nicht mit nach Hause bringen werde.»

«Was soll das heißen?»

«Ich werde sie irgendwo treffen, aber ganz sicher nicht in deiner Nähe.»

Und zack! hatte ich auch schon die erste winzig kleine Pubertätsdiskussion verloren. Ich denke mal, das war der Anfang vom Untergang des Abendlandes.

Kleine Genies

Vielleicht ist Ihnen das auch schon aufgefallen: Es wimmelt inzwischen von hochbegabten Kindern, kleinen Menschen von maschinenhafter Intelligenz, Hochleistungsrechnern, Alleskönnern von hohen Graden. Ebenfalls überall anzutreffen und noch viel schwerer zu ertragen: Mütter von hochbegabten Kindern. Vor einiger Zeit erhielten wir zum Beispiel Besuch von einem hyperaktiven Musikgenie in Gestalt eines dreijährigen Kerls, der unser Klavier mit einem Handfeger bearbeitete. Als ich ihn bat, damit aufzuhören, wandte seine Mutter ein, dass ihr Fabian hochgradig musikalisch sei, das absolute Gehör besäße und gerade dabei sei, das Instrument für sich zu erschließen. Er sei bereits in der Lage, eigene kurze Stücke zu komponieren. Wie Mozart! Sie rief: «Fabi, erfinde doch mal ein Lied für die Mama.» Fabi erklomm den Klavierhocker und hieb auf die Tasten ein. Es klang wie Karlheinz Stockhausen, der zwei Wochen nicht geschlafen und danach einen Liter Espresso getrunken hat. «Unglaublich, oder?», rief seine Mutter, und ich fand, sie hatte recht.

An einem anderen Tag saß eine verzweifelte Mutter in unserer Küche und jammerte. Friedrich sei überkomplex und wahnsinnig sensibel. Man wisse überhaupt nicht, auf welche Schule man ihn schicken solle und ob er nicht gleich zwei Klassen überspringen müsse, und sozial seien Kinder wie er ja so gefährdet, denn die anderen seien natürlich ständig neidisch auf ihn, und das mache ihn aggressiv. Ich hatte ihren Spross bisher für einen normalblöden Soziopathen gehalten, so kann man sich irren. Getestet habe man seine Intelligenz bisher noch nicht, aber die läge eindeutig bei einhundertfünfzig Punkten. Oder höher. Man wisse überhaupt nicht, wo er das herhabe, und es sei ein Wunder, mit dem man sorgsam umgehen müsse. Es klang, als sei der Knabe ein menschgewordenes Fabergé-Ei.

Auf meine Frage, worin seine besonderen Talente lägen, entgegnete sie, er sei ein Mathegenie. Ich gab mich beeindruckt. Dann sagte sie: «Das Geniale an ihm ist, dass er genau weiß, dass er das mit vier Jahren eigentlich noch gar nicht wissen kann. Deswegen tut er so, als könne er überhaupt nicht rechnen.»

«Er verheimlicht sein Talent?», fragte ich.

«Genau», raunte sie. «Wir sollen alle glauben, er könne überhaupt nicht rechnen, aber in Wirklichkeit rechnet er die ganze Zeit, sogar nachts.»

Von so etwas hatte ich noch nie gehört. Ich fragte die verhärmte Genie-Mutter, ob der Kleine vielleicht auch noch Schach spielen könne, und sie antwortete im Flüsterton: «Und wie. Er zieht allerdings nach eigenen Regeln. Das normale Schach ist ihm wohl nicht schwer genug.»

Das wollte ich natürlich sehen. Ich baute eine Partie auf, und wir setzten Friedrich ans Brett.

Allerdings fehlte ein gleichaltriger Gegner. Ich rief also unseren Nick. Der spielt bisher mit Playmobil-Figuren. Er kam und fragte: «Was ist das für ein Spiel?» Ich sagte: «Nun, das ist Schach. Es geht darum, alle Figuren des Gegners zu schlagen, bis …» Weiter kam ich nicht. Nick machte ein Geräusch, als habe er ein Laserschwert eingeschaltet. Dann nahm er seinen Playmobilritter und fegte in Windeseile alle weißen Figuren vom Brett, danach die schwarzen. Nick begleitete das Gemetzel mit seinem Lieblingslautmalwort. Bei jeder Figur, die er durch die Küche schoss, rief er: «Duschsch.» Als er fertig war, brüllte er «Gewonnen!» und raste zurück in sein Zimmer. Der weinende Friedrich und seine Mutter gingen bald darauf nach Hause. Ich bin seitdem etwas irritiert, denn es ist ja so: Unser Sohn hat sofort begriffen, worum es im Schach geht. Ich glaube, nein, ich bin sicher: Unser Sohn ist hochbegabt.

Holger

Natürlich konnte ich mich noch aus meiner eigenen Kinderzeit an sie erinnern, an die Urzeitkrebse. Es gab sie in Tütchen, und deren Aufdruck versprach eine wunderliche Unterwasserwelt, in der sich nixenähnliche Wesen beim Bockspringen und Tanzen amüsierten. Diese Wesen hießen «Sea Monkeys», eine Packung kostete fünf Mark, und wenn man lang genug wartete, schlüpften winzige Tierchen, die aber ganz und gar nicht aussahen wie die maritimen Menschlein auf der Tüte, tatenlos vor sich hin trieben und nach einiger Zeit verendeten. Ich wusste also, was mich erwartete, als Nick im Museumsshop eine große Schachtel entdeckte, auf welcher ein Aquarium mit Zubehör sowie die darin wohnenden Urzeitkrebse des Typs Triops dargestellt waren.

«Was ist das?»

«Das sind Urzeitkrebse.»

«Was sind Urzeitkrebse?»

«Das sind stinklangweilige Wassertiere, die meistens nicht schlüpfen. Und wenn sie doch schlüpfen, leben sie ein Leben in ständiger Furcht vor dem Vergessen.» Eigentlich auch nicht viel anders als ein Mensch, dachte ich. Doch obwohl ich meine Beschreibung ziemlich treffend und abschreckend fand, klammerte Nick sich an

mein Bein und wimmerte: «Kaufst du die Urzeitkrebse? Bitte, bitte, kauf mir die Urzeitkrebse. Bitte! Bitte!»

Auf der Heimfahrt saß Nick mit seinen neuen Urzeitkrebsen auf dem Schoß in seinem Kindersitz und hielt Vorträge über die Kunststücke, die er seinen Krebsen beizubringen gedachte. Ich wandte ein, dass Urzeitkrebse an sich keine Kunststücke vollführen, abgesehen vom Überleben in einem Kinderzimmer, in dem scharf geschossen wird. Aber das war Nick ganz egal.

«Wie sollen sie denn heißen, deine Urzeitkrebse?»

«Urzeitkrebsi», sagte er.

«Die heißen alle Urzeitkrebsi?»

«Nein, einer heißt Holger», sagte Nick.

«Warum denn ausgerechnet Holger?»

«Den Namen habe ich gerade erfunden. Gut, was? Holger! Holgi.»

Den Rest der Fahrt verbrachte ich mit einer Diskussion darüber, dass Holger ein recht gängiger Jungenname ist, was Nick sich überhaupt nicht vorstellen konnte. Für ihn ist Holger ein Urzeitkrebsname.

Zu Hause spülten wir das kleine Plastikaquarium aus, ließen destilliertes Wasser hinein und einen Nährstoffbeutel. Dann stellten wir es unter eine Lampe, um das Wasser auf die richtige Temperatur zu bringen. Am folgenden Tag schüttete Nick die Eier ins Aquarium, und wir warteten vierundzwanzig Stunden. Und dann: warteten wir noch einmal vierundzwanzig Stunden. Kein Holger, kein Krebsi, große Enttäuschung.

Am dritten Tag, Nick war im Kindergarten, wollte ich Wasser nachfüllen, um die Verdunstung auszugleichen. Ich stellte mich jedoch ungeschickt an, die Plastikbox glitt mir aus den Händen, fiel ins Waschbecken, der Deckel öffnete sich, und der nicht geschlüpfte Holgi und alle seine Kollegen verschwanden auf Nimmerwiedersehen im Ausguss. Ein Debakel, das mit Ehrlichkeit nicht aus der Welt zu schaffen war. Ich musste es vertuschen und so schnell wie möglich Ersatz im Internet beschaffen. Auf einen oder zwei Tage würde es nicht ankommen. Ich befüllte das Aquarium also mit Leitungswasser und stellte es abermals unter die Lampe. Dann bestellte ich neue Urzeitkrebse und schämte mich.

Nick kam nach Hause und raste zum Aquarium. Ich hörte einen Schrei, dann stand Nick schwer atmend in der Küche. «Holgi ist geschlüpft.» «Das kann eigentlich nicht sein», entgegnete ich. Wir gingen in sein Zimmer und betrachteten das kalkige Wasser, in dem kleine Teilchen umherschwirrten. Eines davon, ein milchiges Etwas von einem knappen Millimeter Länge, bewegte sich hektisch. Nick starb beinahe vor Aufregung. Und auch ich bin inzwischen sehr beunruhigt. Holger wächst sehr schnell, er misst inzwischen eineinhalb Zentimeter, und ich habe keinen Schimmer, was wir da täglich füttern. Die von mir im Internet bestellten Urzeitkrebseier hat er aufgefressen. Manchmal starrt er mich durchs Fenster an. Ich glaube dann, Holger lächelt.

Geräusche

Wir suchten ein Geräusch. Es war eine Hausaufgabe. Die Kinder sollten mit einem Mikrophon zu Hause etwas aufnehmen und es anderntags der Klasse vorspielen. Carla fragte mich, welches Geräusch wir zu Hause hätten. Ich schlug die Klospülung vor, aber sie verdrehte die Augen. Das sei ja wohl supereinfallslos, und jeder würde die Klospülung aufnehmen. Vermutlich kämen morgen zwanzig Klospülungen zum Vortrag. Ich sagte, das sei doch eine sehr schöne Wette für diese Fernsehsendung, wo abwechselnd alte Prominente und aufgeregte Schweizer auftreten, die Nachbarn am Geschmack ihrer Türklinken erkennen. «Ihr könnt doch als Klasse teilnehmen und erraten, wem welches Klo gehört, und dann bekommt jeder von euch ein T-Shirt, auf dem ‹Wetten, dass …?› steht. Und alle Erwachsenen sind begeistert und klatschen.»

Carla beschenkte mich mit dem mitleidigsten Blick, zu dem Neunjährige heute fähig sind. Sie ist für die deutsche Fernsehunterhaltung verloren, sieht kaum fern, und wenn, dann nicht bei öffentlich-rechtlichen Sendern, deren Publikum immer älter wird. Immerhin hat der Bayerische Rundfunk vor einiger Zeit mitgeteilt, dass bei ihm der Trend zur Vergreisung der Zuschauer gestoppt sei. Im Rahmen einer Programmreform sei es dem Bayerischen

Fernsehen innerhalb von nur sechs Monaten gelungen, den Altersschnitt seines Publikums von 62,2 Jahren auf juvenile 61,5 Jahre zu senken. Wenn das so weitergeht, ist der BR bereits in einem Vierteljahrhundert eine echte Alternative für Menschen wie Carla. Die zieht momentan jedenfalls wie ihre Mitschüler das Internet dem Fernsehen vor und betätigt sich mit Hingabe bei einem Freundschaftsportal, in welchem sie eine erstaunlich große Anzahl Gleichgesinnter entdeckt hat, die ihre Vorliebe für Hildegunst von Mythenmetz, karierte Röcke und Lakritz teilen. Dämon Internet.

Ich schlug alternativ vor, den Toaster aufzunehmen, aber Toaster sind öde. Zwischen dem Hinunterfahren eines Toasts («Klick») und dessen gerösteter Auferstehung («Klack») passiert akustisch wenig. Man muss schon sehr genau hinhören, und dafür fehlt jungen Menschen die Geduld. Ebenfalls sehr langweilig: Kühlschranktür, Stecker aus der Steckdose ziehen, sich in den Hundekorb legen, Treppe rauf- und wieder runterlaufen. Wir zeichneten das Klingeln des Telefons, den Staubsauger und das Anzünden einer Kerze auf, aber es klang nur nach Telefonklingeln, Staubsaugen und Feuerzeug anmachen. Schließlich hatte Carla eine Idee: «Wir nehmen den Regen auf.» Das gefiel mir gut, aber es regnete nicht, ein Umstand, der meine Tochter kaltließ: «Umso besser, dann hat niemand dasselbe Geräusch wie ich.» Wir legten ein Brett in die Dusche und drehten das Wasser auf. Aber es klang nicht nach Regen, es rauschte bloß. Nach dem achten Versuch gaben wir auf. Dann eben kein Regen. Carla war frustriert und ich überrascht. Es gelang uns überhaupt nicht, ein schönes und originelles Geräusch zu finden.

Also warfen wir fürs Erste das Handtuch. Keine Lust mehr. Ich nahm noch ein sehr leises Geräusch auf, nämlich die Herstellung eines Nutellabrotes, dann brachte ich sie ins Bett. Wir vertagten uns auf den nächsten Morgen. Irgendetwas Tolles würde uns bestimmt noch einfallen.

Anderntags suchte ich das Diktiergerät. Ich fand es im Bett von Carlas kleinem Bruder Nick. Ich spulte zurück und drückte auf Play. Erst war nicht viel zu verstehen. Jemand keuchte ins Mikrophon. Es raschelte und knackste, dann eine Stimme. Sie gehörte Nick und sagte: «Achtung, Achtung, hier ist der Furzgeneral. Ich werde jetzt pupsen. Es wird stinken. Jetzt kommt der Gestank, du kannst ihn hören.» Und dann folgte ein gewaltiges und das kleine Gerät mächtig übersteuerndes Furzgeräusch. Kurze Pause, dann wieder die Stimme: «Das war: der Furzgeneral.» Danach hörte man ihn noch lachen, bis er die Aufnahme mit einem lauten Knacks beendete.

Was soll ich sagen? Carla hat für die Aufführung ihres Geräusches mit dem Titel «Mein bescheuerter fünfjähriger Bruder» eine glatte Eins bekommen.

Ein Nachruf auf Wimmer

Er saß knapp zwei Jahre neben mir, und sein Name war Wimmer. Wimmer hat ihn mir nie genannt, aber ich schnappte ihn auf, als er einmal sein Handy aus der Jackentasche fummelte und ein Gespräch annahm: «Wimmer.» Nach dem Telefonat versank er wieder in der für ihn typischen, nach vorne gebeugten Beobachtungsstarre. Seit dem Umzug des FC Bayern in das neue Stadion saßen wir nebeneinander, er war eine Zufallsbekanntschaft, wobei bekannt schon viel zu viel behauptet wäre. Ich wusste bloß, dass er Wimmer hieß und aus Oberndorf am Lech für jedes Heimspiel alleine mit dem Auto nach München kam. Er fuhr einen älteren Audi. Ich habe ihm einmal seinen Schlüsselbund gereicht, als er ihm heruntergefallen war. Das mit Oberndorf sagte er mir: «Und für den Schmarrn komm ich extra aus Oberndorf am Lech.» Das ist bei Donauwörth.

Wimmer aß nichts und trank nichts. Er erschien kurz vor dem Anpfiff und nickte mir knapp zu. Meistens begann er bereits vor dem Spiel zu schimpfen. Sein Repertoire reichte vom grantigen «Ah geh» bis zum mehrminütigen Leistungsappell. Dabei fuchtelte er niemals aufgeregt mit den Armen herum, sondern blieb in seiner Hockstellung. Er nahm auch nicht an «La Ola» teil, und wenn es hieß «Steht auf, wenn ihr Bayern seid», dann blieb er sitzen. Das Gleiche galt, wenn ein Tor für die Roten fiel. Wimmer war für die Scheißstimmung in der Allianz-Arena verantwortlich, so würden es vielleicht die Offiziellen formulieren. Er klatschte nicht einmal, sondern nickte nur, und wenn es wieder ruhig wurde, sagte er zu mir: «So. Da schaugst. Des war unausweichlich.» Das Zustandekommen von Gegentoren erkannte er schon in der Entstehung. «Unglücklich, aber unausweichlich», sagte er dann. Er war ein Tore-Orakel. «Glei passiert's», sagte er, und wenn Sekunden später Konfetti und Mützen und Klopapierrollen flogen, dann wusste ich schon: Das war unausweichlich.

Bei langweiligen Spielen sprach Wimmer manchmal mit mir. Er sah mich dabei nicht an, sondern schaute nach vorne aufs Spielfeld. Eine Geschichte hat er mir mehrmals erzählt, und ich meine, er hat sie sich ausgedacht, denn er erzählte sie immer ein wenig anders. Ich glaube, er hatte ein zu schlechtes Gedächtnis, um richtig gut lügen zu können. Jedenfalls behauptete er, dass er dem jungen Franz Beckenbauer einmal Geld zugesteckt habe, weil der in seiner ersten Zeit bei 1860 München so arm gewesen sei. Da habe er dem späteren Kaiser eine Mark gegeben für eine Bratwurst. Und später habe der Franz dann ein Vermögen verdient und ihn nicht mehr gekannt. Sie seien sich später noch häufiger begegnet, aber der feine Herr Beckenbauer habe ihn nicht einmal mehr gegrüßt. Später hat Wimmer die Geschichte so erzählt, dass er dem Franz Beckenbauer ein Pfund Kaffee geschenkt habe, dann war es Schokolade und schließlich ein Schnürsenkel, den Wimmer dem eigenen Schuh entnommen habe, damit Franz sein Spiel und seine Weltkarriere frisch geschnürt fortsetzen konnte. Und später nichts als Undank. Es klang, als habe Beckenbauer und der FC Bayern alles ihm, dem Wimmer, zu verdanken.

Wenn Wimmer schwieg, sah ich ihn von der Seite an und entdeckte keine Leidenschaft in seinem Gesicht, höchstens eine hohe Körperspannung, wie sie beim Beobachten entsteht. Er stand mit dem Schlusspfiff auf, nickte mir zu und ging. Das letzte Mal sah ich ihn im November. Dann blieb sein Platz leer. Beim ersten Mal nahm ich es zur Kenntnis, beim zweiten Mal wunderte ich mich, und beim dritten Mal machte ich mir Sorgen.

Erst als die Rückrunde begann, war der Platz wieder besetzt. Ein Mann mit Schnurrbart saß auf seinem Platz. Ich fragte ihn, was mit Herrn Wimmer sei, und er antwortete: «Der ist tot. Herzinfarkt. Ich war sein Nachbar. Seine Frau hat mir die Karte geschenkt.» Dann gab er mir seine fettverschmierte Pranke und biss in seine Bratwurst.

Der Neue brüllt den Schiri an. Er steht auf, weil er ein Bayer ist, er jubelt wie ein afghanischer Widerständler und klatscht Klatschmärsche. Er wedelt mit den Armen, fordert Rote Karten und trägt eine blöde Mütze. Er redet nur Unsinn, und nach dem Spiel ist er heiser. Es ist unerträglich. Wimmer fehlt mir so. Er war einfach für meine Stimmung verantwortlich.

Winnetou

Es hat viele Jahre gedauert, bis ich den Unterschied zwischen Winnetou und Winnie Puh verinnerlicht hatte. Als Kind nannte ich Pierre Brice immer Winnie Puuh und freute mich, wenn er am Dienstagabend um 19.30 Uhr nebst Silberbüchse auf sein Pferd stieg und gemeinsam mit Old Shatterhand für Ruhe im kroatischen Reservat sorgte. Old Shatterhands Pferd hieß bei mir Hitler, denn ich konnte mir dessen richtigen Namen Hatatitla nicht merken und wusste ohnehin nicht so genau, wer Hitler war.

Inzwischen hat sich die Verwirrung weitgehend gelegt. Das Leben wird beherrschbarer, aber auch langweiliger, je mehr wir wissen. Ich habe gelesen, dass sich das Weltwissen alle fünf Jahre verdoppelt. Das mag sein, aber die Hysterie dieser Meldung streift mich nur sanft. Mein Wissen verdoppelt sich nämlich nur sehr zaghaft und meist bloß in Bezug auf Themen, denen ich mich zum Zwecke der Recherche für diese Kolumne nähere. Frische Winnetou-Kenntnisse galoppieren deswegen gerade durch die öde Prärie meines Hirns: Ich weiß jetzt, wer Iltschi ist, nämlich das Pferd von Winnetou. Und: Iltschi ist der Bruder von Hatatitla.

Von Hitlers Bruder Alois weiß man nicht viel mehr als

von Hatatitlas Bruder Iltschi, und was bekannt ist, wird sich wahrscheinlich nicht mehr verdoppeln. Übrigens hätte Hitler eigentlich wie sein Vater Schicklgruber heißen müssen. Dies hätte eine Verwechslung des Diktators mit dem Pferd von Old Shatterhand quasi ausgeschlossen und lässt an einen Witz von Karl Valentin denken, dem zufolge man damals hätte froh sein können, dass der Hitler nicht Kräuter hieße, weil man ja sonst immer «Heil Kräuter» hätte rufen müssen. Der Gruß «Heil Schicklgruber» wäre auch nicht unkomischer und hätte vielleicht Schlimmeres verhütet.

Kürzlich über die Medien verbreitetes, neu hinzugekommenes Weltwissen widmete sich der Erkenntnis, dass sich die Erde zu langsam dreht. Der liebe Gott müsste den Globus einmal vorsichtig antippen und den Drall des Planeten auffrischen, sonst vergehen nur noch wenige tausend Jahre, und die Tage unserer Nachkommen dauern fünfundzwanzig Stunden. Ob die das überhaupt bemerken? Ob sie sich freuen, länger schlafen und mehr Sex haben werden? Oder einfach bloß eine Stunde länger arbeiten?

Wenn wir eine Stunde mehr Zeit hätten, könnten wir uns intensiver um die ganz wichtigen Angelegenheiten des Lebens kümmern, um den China-Boykott zum Beispiel. Das ist allerdings gar nicht so leicht, wie man zunächst glaubt. Der Versuch, ein chinesisches Auto zu boykottieren, scheitert zum Beispiel daran, dass bei uns praktisch keines erhältlich ist. Man kann bei uns nur Glutamat, Glückskekse und die meisten Kleidungsstücke westlicher Modemacher boykottieren, und es ist sehr fraglich, ob man das Regime in Peking damit trifft.

Oder wir könnten uns mit der zusätzlichen Stunde

langweilen. Die Langeweile wird in der heutigen Gesellschaft leider gar nicht geschätzt. Kaum vorstellbar erscheint, dass jemand wie zum Beispiel Angela Merkel sich auch mal langweilt. Das geht gar nicht, bei ihrem randvollen Terminkalender. Aber stimmt das wirklich? Sitzt sie nicht vielleicht auch manchmal nachmittags an ihrem großen Schreibtisch und weiß rein gar nichts mit sich anzufangen? Vielleicht macht sie dann ja Telefonstreiche, ruft beim Steinmeier an und sagt mit verstellter Stimme: «Hallo, hier ist die Firma Murkel, wir stehen hier vor der Tür, und da wollte ich fragen: Wo sollen wir die sieben Tonnen Steine für Meier abladen? Direkt vor dem Büro oder zu Hause?»

Der Steinmeier sagt: «Angela, ich sehe deine Nummer auf dem Display.» Und Angela Merkel legt sofort auf und wird knallrot. Zur Kompensation ruft sie schnell mit ihrer richtigen Stimme bei den Vereinten Nationen an und fragt nach einem Termin für eine Rede vor der Vollversammlung, damit sie anschließend mit einer wichtigen Sache wiederum bei Steinmeier anrufen kann. Oder sie mopst sich in der Sitzgarnitur und zählt Kissen.

Eine weitere Möglichkeit, die fünfundzwanzigste Stunde des Tages zu verbringen: mehr Zeit für Tiere. Sie haben unsere Liebe und Aufmerksamkeit verdient. Dem Krainer Widderchen wurde beides zuteil, denn es firmierte als Insekt des Jahres 2008. Das Krainer Widderchen ist ein kleiner Falter und giftig, was das Zusammenleben mit ihm moderat erschwert. Dies ist mit einem Wildhasen auch nicht viel einfacher. Ein Wildhase wird bis zu siebzig Stundenkilometer schnell, man kann also mit ihm nicht gut spazieren gehen. Mit einer Riesenschildkröte auch nicht. Mit einem Hund schon. Hunde sind sehr angenehme Begleiter, leben aber anders als Riesenschildkröten meist nicht so lange wie ihr Herrchen.

In diesem Zusammenhang ist der Tod der Langhaarhunde Penny und Kara aus Newcastle in England zu vermelden und ins unendliche Register des Weltwissens einzutragen. Das Ehepaar Beth und Brian Willis trauert, hat aber dennoch für viele weitere Jahre Freude an seinen beiden Hunden. Zu Lebzeiten bürstete Beth Willis nämlich ihre Lieblinge täglich und sammelte deren ausgefallene Haare, aus denen sie Wolle spinnen ließ. Daraus strickte sie für sich einen weißen Pullover und ihrem Gatten Brian einen braunen. Ihren Hunden zu Ehren ziehen Beth und Brian jeden Samstag ihre Hundefelle an, wenn sie zum Einkaufen gehen.

Wie hätte wohl Winnetous Dackel geheißen, wenn Karl May ihm einen angedichtet hätte? Vielleicht ja Schicklgruber. Winnetou lenkt Iltschi mit sanftem Zügelzug und ruft: «Komm, Schicklgruber, das Abenteuer ist aus. Wir reiten in den Sonnenuntergang von Paklenica. Schicklgruber! Kommst du! Drecksköter!»

Bruno und mein Schicksal

An meiner Bürotür hängt ein Schild aus Pappe. Carla hat es gemalt und rund ausgeschnitten. Es zeigt sie, ihren Bruder Nick und Sara. Und unseren Hund. Sie hat alle vier rot durchgestrichen, und das bedeutet: Verbotener Eingang für alle! Es war ein Geschenk für mich. Wenn ich meine Ruhe haben möchte, muss ich es nur von außen an die Tür hängen, und dann darf niemand reinkommen. Einzige Ausnahmen: Jemand blutet, oder es gibt Essen. Und es halten sich auch alle daran. Alle außer Nick, Sara und Carla.

Nick öffnet die Tür und fragt: «Papa, schreibst du immer noch deine Kolunde?»

Ich sage: «Ja, immer noch.»

«Und wie lange?»

«Bis sie fertig ist. Und das dauert umso länger, je öfter du mich störst.»

Es tut mir leid, dies so zu sagen, aber so ist es nun einmal. Ich kann's nicht ändern.

«Wenn du mit deiner Kolunde fertig bist, pumpst du dann das Planschbecken auf?»

«Im April? Das Planschbecken? Bei dir piept's wohl.» Typische Erwachsenenantwort. Im April pumpt man nun einmal keine Planschbecken auf, das macht man frühestens Ende Mai. Auch wenn es ein wunderbar warmer Tag ist. Aber im April kann man gar kein Planschbecken aufpumpen.

«Ich weiß auch gar nicht, wo das Ding ist.» Lüge, ich weiß es schon, denn ich sehe es täglich im Regal in der Garage liegen, wenn ich das Auto hinein- oder hinausfahre. Aber ich will nicht immer über alles diskutieren, erst recht nicht mit einem Fünfjährigen. Manchmal muss man schwindeln, das ist pädagogisch falsch, aber zum Kuckuck: Es spart Zeit. Nick schließt die Tür, und ich fange an mit der Kolumne.

Heute geht es also um den berühmten Bruno, das ist ein schönes Thema. Dieser Bruno war zu Lebzeiten ein Bär und kam aus Italien, räuberte ein wenig in Bayern und wurde dann von dem damaligen Ministerpräsidenten und Problempolitiker Stoiber als Problembär bezeichnet, gejagt und schließlich abgeknallt. Nun hat man den Bruno ausgestopft und stellt ihn im Münchner Museum «Mensch und Natur» aus. Er wurde ganz nett in eine Kulisse drapiert.

Die Tür fliegt auf. Glücklicher kleiner Junge. Er hat das Planschbecken gefunden, in der Garage. «Es ist gar nicht weg!», jubelt Nick und hat das dreckige Ding zum Beweis gleich mitgebracht.

«Das ist kaputt», behaupte ich. «Da ist ein Loch drin, man kann es gar nicht aufpumpen.» Lüge, das Planschbecken ist vollkommen okay. Ich habe aber keine Zeit. Und keine Lust.

«Wenn du deine Kolunde fertig hast, kannst du es dann flicken?»

«Mal sehen. Vielleicht. Bitte. Ich muss arbeiten.»

Trauriger kleiner Junge schließt die Tür. Zurück zu

Bruno, der eigentlich JJ1 hieß. Die Szene im Museum zeigt den ausgestopften *ursus arctus* beim Honigdiebstahl an einem Bienenstock. Sie haben ihm sogar wütende Bienchen an den Kopf geklebt. So kannte man ihn eben aus den Medien, den Bruno. Ein Verbrecher aus Leidenschaft, bereit, für eine Tatze Honig sein Leben zu riskieren. Wie würde Sara mich wohl ausstopfen lassen? In welcher typischen Haltung werde ich wohl dermaleinst im Museum «Mensch und Natur» ausgestellt? Denkbar wäre: beim Zeitunglesen. Das ist aber langweilig. Genauso wie: beim Schreiben. Total öde. Wenn ich mir was wünschen könnte, würde ich gerne ewig grillen. Mit Zange in der einen und Bier in der anderen Hand. Oder Tennis spielen. Am besten gefiele mir, wenn ich beim Aufschlag gezeigt würde, beim Ballwurf. Ich spiele zwar kein Tennis, aber es sähe sicher glamouröser aus, als wenn man mich beim Fernsehen zeigte.

Die Tür öffnet sich abermals. Nick. «Ist die Kolunde fertig? Das Planschbecken ist nämlich gar nicht kaputt. Kein Loch drin. Kannst du es aufpumpen? Bitte?»

Ich gehe in den Garten und pumpe und pumpe, kleiner glücklicher Junge steht daneben, meine Hose rutscht: Vater mit Maurer-Dekolleté pumpt Planschbecken auf. Sara steht am Fenster, und was macht sie? Ein Foto. Wahrscheinlich für später, als Vorlage für den Präparator.

ECHT IRRE

Was mich also echt irremacht: Aus VersehEN AUF DIE FESTSTELLTASTE AN DER TASTATUR ZU KOMMEN, UM DANN DREI ODER SOGAR VIER ZEILEN LANG ETWAS ZU SCHREIBEN, DAS MAN ANSCHLIESSEND LÖSCHEN UND NOCH EINMAL IN DER RICHTIGEN GRÖSSE TIPPEN DARF. Das geht mir wahnsinnig auf die Erbse und kommt öfter vor, weil ich keine Sekretärin bin und daher meistens auf die Tasten und selten auf den Monitor sehe und daher spät bemerke, wenn ich maL WIEDER ALLES GROSSSChreibe. Ich erzählte dies neulich im Rahmen eines Abendessens, denn das Großthema der Runde war: Dinge, die uns echt irremachen. Blöderweise war ich der Erste, der auf die entsprechende Frage der Gastgeberin antwortete. Daraufhin sah sie mich an, als sei ich ein Furunkel, und zischte: «In Darfur sterben jeden Tag Hunderte von Menschen. Aber die Feststelltaste deines Computers, die macht dich irre.»

Ich versuchte mich zu wehren: «Ach sooo, doch, Darfur macht mich natürlich auch irre.» Aber es war schon zu spät. Ich war der Arsch des Abends.

Die anderen Gäste machte echt irre: aussterbende Tiere am Nordpol, die Weltwirtschaftskrise, der CO_2-Ausstoß von schnellen Autos. Tibet. Und dazwischen ich mit meiner TasTATUr. Erst schämte ich mich meiner Oberflächlichkeit, doch bald regte sich Trotz, denn die Sache ist doch wohl die: Jeder, aber auch wirklich jeder, ist irre wegen Robbenbabys, Krisen, CO_2 und Tibet. Es bringt wenig, sich dessen zu versichern, denn alle Menschen am Tisch sind ohnehin einer Meinung, weil keiner unserer Freunde Robbenjäger, Bankchef, Tankstellenpächter oder Angehöriger der chinesischen Regierung ist. Was soll die ganze Diskutiererei über Themen, zu denen alle dieselbe Ansicht teilen? Das ist sterbenslangweilig. Da rede ich lieber über meine Tastatur.

Auf der Heimfahrt fragte ich Sara, ob ich deshalb ein oberflächlicher Idiot sei, und sie antwortete vergleichsweise diplomatisch: «Du hast die Frage nur falsch verstanden.» Wenig später folgte auf das Abendessen eine Gegeneinladung bei uns. Ich nahm mir vor, diesmal bei jedem Thema radikal einen gegenteiligen Standpunkt einzunehmen. Das hielt ich für eine spannende Idee, um dem Tischgespräch Leben einzuhauchen. Und ich hatte recht. Sie müssen das mal versuchen, wenn Sie mit den Folgen leben können.

Zu Beginn des Essens teilte ich feierlich mit, demnächst grundsätzlich und für alle Zeiten mein Stimmverhalten bei Wahlen zu ändern, in die FDP einzutreten und mich in der Atomlobby zu engagieren. Niemand nahm mich ernst. Doch dann argumentierte ich für meine Pläne, und ich argumentierte ausführlich und laut. Der Effekt glich auf eine malerische Weise jenem eines sanften Auffahrunfalls nach Alkoholgenuss. Unsere Gäste waren ehrlich angekratzt. Meine Frau ebenfalls. Es entwickelte sich eine wirklich leidenschaftliche Diskussion.

Irgendwann standen wir vor der Kernschmelze unserer Beziehung, deshalb wechselte Sara das Thema.

Es ging dann ums Kino und um die besten Filme der letzten Zeit. Große Begeisterung über die Coen-Brüder. Ich äußerte zum Verdruss aller Anwesenden, dass «No country for old men» ein Drecksfilm und der Quatsch redende Killer bereits dreihundertmal durch sei, die Figuren total unglaubwürdig agierten und der Film kein richtiges Ende habe, dafür aber eine einschläfernde Länge im letzten Drittel. Jemand wich auf Musik aus, worauf ich nörgelte, dass sich niemand, der Ahnung von Soul hätte, eine Platte von Amy Winehouse auch nur ansehen, geschweige denn anhören würde. Dann schimpfte ich noch über den Bio-Faschismus im Einzelhandel und die lächerliche Verzärtelung von Eisbären in Zoos. Bevor unsere Freunde das Haus verließen, hörte ich meine Frau sagen: «Ich weiß noch nicht, wie es mit uns weitergeht, aber ich rufe dich an.»

Seitdem wird hinter meinem Rücken am Telefon getuschelt. Wenn ich ins Zimmer komme, verebben Gespräche. Niemand lädt mich mehr zum Abendessen ein. Ich werde gemobbt. Und dann kam heute ein Brief von der FDP an. Offenbar hat Sara dort einen Mitgliedsantrag für mich gestellt, um zu testen, wie weit es mit meiner Überzeugung her ist. Ich bin jetzt ein wenig in Zugzwang. Und daS ALLES NUR WEGEN MEINER SCHEISSTASTATUR.

Antonio kauft einen Fernseher

Auf meinem Telefon kann ich sehen, wer mich anruft, da erscheint eine Nummer. Wenn's mein Schwiegervater ist, schreie ich in letzter Zeit: «Sara, für dich.» Das stimmt aber nicht, denn er will mich sprechen, immer nur mich, mich, mich. Er möchte mit mir über den bevorstehenden Triumph seiner Italiener reden, seiner weltmeisterlichen Italiener. Das ist jedes Mal so vor internationalen Fußballturnieren. Elf Monate im Jahr mag ich seine Anrufe, er erzählt dann dies und das und gibt hilfreiche Haushaltstipps wie jenen, auf jedes Paket «Büchersendung» zu schreiben, weil es das Porto extrem verbilligt. Man kann aber sehr damit auf die Nase fallen. Also ich. Er natürlich nicht.

Nun naht jedoch die Fußball-Weltmeisterschaft, und da hat Antonio größten Gesprächsbedarf. Er beschwört ausdauernd die Tugenden des italienischen Fußballs und seiner Protagonisten, des großen Gilardino und des einzigartigen Chiellini sowie des wundervollen Montolivo und des überragenden Quagliarella. Diese Namen klingen wie Süßspeisen, besonders wenn Antonio sie ausspricht. Für ihn sind alle italienischen Fußballer Götter. Ich bin zwar anderer Meinung, aber die äußere ich nur sehr zaghaft. Beim letzten Mal

nannte ich sein Land einen Weltmeister zweiter Klasse. Ich möchte Sie nicht mit Details nerven, aber wer im Achtelfinale gegen Australien bloß durch eine Schwalbe in der 95. Minute zu einem Elfer und damit ins Viertelfinale kommt, der muss sich Schmähungen gefallen lassen. Und damit basta.

Vor einigen Tagen rief Antonio wieder an, ich brüllte zweimal «Sara, es ist für dich», bis mir einfiel, dass ich alleine zu Hause war. Also nahm ich das Gespräch an.

Mein Schwiegervater kam ungewohnt zügig zum Grund seines Anrufs, indem er rief: «I braukein neue Fernseher.»

«Aha», antwortete ich defensiv, denn man kann nie wissen, was so ein Satz bei ihm bedeutet. Es läuft meistens darauf hinaus, dass er meinen Beistand sucht. So auch diesmal.

«Ist denn dein Fernseher kaputt? Der ist doch erst fünf Jahre alt.»

«Nein, nikte kaput, leider», antwortete er niedergeschlagen.

«Aber warum brauchst du denn dann einen neuen?», fragte ich. Er machte eine lange Pause, um tief Luft zu holen.

«Brauki fur der Wä-Emme.»

«Was ist der Wä-Emme?»

«Der Fusseball Weltemeister-Dingeda.»

«Ach so, für die WM», sagte ich.

«Sagido.»

Er teilte mir dann mit, dass er die Auftritte seiner Squadra Azzurra unmöglich mit der ollen Kiste ansehen könne, sondern dringend etwas Neues brauche, etwas Schickes, und zwar mit «Flakebilde».

«Womit?»

«I will eine Geräte mitte Flakebilde.»

«Ach so, du meinst einen Flachbildschirm», sagte ich.

«Sagido, du Genie», antwortete er und lud mich ein, ihn beim Gang zum Media Markt zu begleiten. Ich musste ohnehin in seine Gegend, also sagte ich zu, und am letzten Samstag fuhren wir ins Purgatorium des Konsums, in dem es von Flachbildschirmen und Espressomaschinen und orientierungslos im Kunstlicht umherirrenden Verbrauchern nur so wimmelt.

Früher war das mit dem Fernsehkauf noch ganz simpel. Im deutschen Wohnzimmer stand eine Glotze von Grundig, Nordmende, Metz, Saba, Chronomat, Stassfurt oder Loewe, je nach dem, wo man sich gesellschaftlich verortete. Man hieb auf Fernbedienungen, die aussahen wie Butterdosen, und das Fernsehen war wie das ganze Leben eine analoge Verrichtung. Inzwischen ist das alles hochgradig komplex, man muss eine Menge wissen, wenn man einen Fernseher erwerben möchte. Antonio nahm diese Aufgabe sehr ernst. Wir stellten uns vor eine beeindruckende Wand von Fernsehern, und er begann, alle Schildchen laut vorzulesen, was eine Weile dauerte, ungefähr eine halbe Stunde. Dann zuckte er die Schultern und fragte mich: «So, unde welke Fernseher nähmenewi nu?»

Keine Ahnung. «Vielleicht gibt es hier irgendwo einen Verkäufer», sagte ich und blickte mich um. Ich tat es damit vielen Kunden gleich, die wie Uhus ihre Köpfe im Hals herumdrehten und nach irgendeinem rotgekleideten Fachmann spähten wie Eulen nach Engerlingen. Ich spürte einen sich hinter einem Regal duckenden Burschen auf, welcher mir mitteilte, dass er nur Eierkocher mache un' Rasierer un' so und dass für Fernseher un' so der Mann mit die coole Krawatte da sei. Also ging ich zu dem Mann mit die coole Krawatte. Der stand an einem Rechner und druckte eine Bestellung aus. Neben ihm befanden sich bereits Kunden in ansehnlicher Zahl, und deshalb sagte er: «Ich habe jetzt hier noch andere Kunden, da müssen Sie mal ein bisschen warten.» Das konnte ich verstehen, das ist nun einmal so, das sind die Regeln. Sicher. Antonio sah das aber anders. Er findet, dass es eine Ehre ist, ihm etwas zu verkaufen, er hält sich tatsächlich für wichtiger als das Produkt, das er kaufen will. Er ist eben noch nicht globalisiert.

«Zeigi dir, wie man der makt», sagte er. Dann schritt er die Wand ab, blieb unvermittelt vor einem Fernseher stehen und begann, diesen aus der Wand zu brechen. Er hob ihn einfach an und ging drei Schritte rückwärts, wobei er das Kabel mitriss. Es dauerte ziemlich exakt sechs Sekunden, und ein Verkäufer kam gelaufen. Das muss man sagen: Antonio weiß, wie man in der Dienstleistungsgesellschaft die Aufmerksamkeit auf sich zieht.

«Den können Sie nicht einfach so mitnehmen», sagte der Mann.

«Wieso? Iste das keine Fernseher?»

«Doch, aber das ist ein Ausstellungsstück.»

«Na unde. Funktionierte der tippeditoppe. Nehmi der mit.»

Über diese Diskussion entspann sich bald ein Fachgespräch. Antonio stellte das Gerät zurück, und der Verkäufer fragte, ob es denn ein LCD- oder ein Plasmagerät sein solle.

«Nee. Mitte der Flakebilde.»

Antonio ließ sich ausführlich beraten, dabei wusste

ich, dass es ihm schnurzegal ist, welche Technik das neue Gerät hat, Hauptsache, Italien gewinnt dadrin. Der Verkäufer führte aus, dass der Abstand vom Betrachter zum Bildschirm das Dreifache der Bilddiagonale betragen solle und man auf diese Weise schon viele Modelle ausschließen könne. Ob Antonio denn eine eingebaute Festplatte wünsche.

«Wo?»

«Im Fernseher.»

«Ah so. Nee. Oder?»

Ich zuckte mit den Schultern. Mir egal. Ich spürte, dass dies ein langer Nachmittag werden konnte, doch dann sah ich sie, die Superglotze, altargleich aufgestellt in einer extra für sie gestalteten Präsentationsfläche. Der Rahmen war mit Klavierlack überzogen, das Ding glänzte wie der Sarg von Antonios Vater, den wir vor sechs Jahren beerdigt haben. Ich zog Antonio am Ärmel zu diesem repräsentativen Teil, und er kaufte es sofort, besinnungslos vor Begeisterung wegen des Klavierlacks. Es wird bald geliefert, und dann wird's eng bei Antonio und Ursula zu Hause, denn das neue TV-Heimgerät verfügt über eine Bildschirmdiagonale von adlerschwingenhaften 170 Zentimetern. Um fünf Meter davon entfernt sitzen zu können, wird er ein großes Loch in die Wohnzimmerwand stemmen und die Couch in den Garten stellen müssen. Oder umräumen und das Esszimmer rausschmeißen. Wahrscheinlich wird der neue Fernseher aber letztlich genau dort stehen, wo schon der alte stand. Und Antonio wird die Squadra Azzurra von ganz nah sehen. Es gibt für ihn nichts Schöneres.

Kinderspiele

Manchmal sitze ich am Schreibtisch und versuche mich an meine Kindheit zu erinnern. Wie es gleichzeitig gekitzelt und geschmerzt hat, wenn ich mir den Schorf alter Wunden vom Knie knibbelte. Wie ich mit dem Fahrrad durch die Siedlung gejagt bin auf der Suche nach Abenteuern. Wie der Käfer schmeckte und wie es sich angefühlt hat, im warmen Regen zu duschen und die Tropfen in den weit aufgesperrten Mund fallen zu lassen.

Es ist schwer, sich noch einmal in diese Wonnen einzufühlen. Ich habe schon seit zwanzig Jahren keinen Schorf mehr auf den Knien gehabt, fahre nur mit festen Zielen auf dem Fahrrad, käme nie auf die Idee, einen Käfer zu essen, und wenn es regnet, gehe ich rein. Das macht es mühsam, den Gefühlen, den Farben und Gerüchen von vor dreißig Jahren nachzuspüren. Aber manchmal fallen mir Bilder ein. Wie sich mein Freund einmal im Wald den Arm gebrochen hat und ich voller Sorge für ihn war, er mich aus seinem blassen, schockierten Gesicht anschaute. Wie wir im Sommerlicht auf einem Hügel saßen, lange Grashalme kauten und Kakao tranken, die Schokolade war auf den Grund gesunken, und wir rührten mit einem Zweig darin herum. Wie der Vorderreifen meines Rades ein Ei hatte und der

Schlauch beim Fahren rhythmisch an der Bremse ent-langschleifte: pfft, pfft, pfft.

Unter größter Konzentration gelingt es mir, Einzel-heiten zurückzuholen. Aber es sind bloß knappe Szenen, nichts, womit sich Kindheit noch einmal erfahren ließe. Meine Kindheit ist mir mit den Jahren abhandengekom-men. Ich weiß, was ich wissen muss, um mit meinem Steuerberater zu sprechen, aber welche Ängste ich hatte, als einmal mein linker Gummistiefel in einem bedroh-lich schlammigen Froschtümpel verschwand und ich nur einseitig bestiefelt nach Hause kam, das weiß ich nicht mehr. Ich ahne, dass es ähnliche Befürchtungen waren wie heute in Gesprächen mit dem Steuerberater.

Zwei Türen weiter spielt Nick selbstvergessen in sei-nem Zimmer. Genau wie ich früher. Aber seine Spiele sind mir ein Rätsel. Ich beherrsche «Uno» und «Mensch ärgere Dich nicht» und «Elfer raus». Natürlich spiele ich mit ihm Fußball und schubse ihn auf der Schaukel an, sodass er fast bis aufs Dach fliegt. Aber was er da in sei-nem Zimmer spielt, das findet in einem anderen Univer-sum statt, und zu dem haben Erwachsene keinen Zutritt. Er baut mit Lego, macht Geräusche, spricht mit verstell-ter Stimme seine Figuren, sie haben wunderliche Namen wie «Stinkesack» oder «Käsefuß» und erleben Abenteuer jenseits aller physikalischen Grenzen.

Ich klopfe vorsichtig und trete ein. «Was machst du?», frage ich ihn. Nick freut sich über meinen Besuch und erklärt mir, was er da gerade gebaut hat, nämlich eine Garage für seine Lego-Fahrzeuge, allerdings mit ange-bautem Gefängnis für die Bösen und einem Wachturm. Außerdem befände sich da auf der Zinne ein «Schießer» und unten im Hof ein «Feuerkugelwerfer», der alle zu

Knochengerüsten verschmurgeln könne, die auch nur in die Nähe seiner Garage kämen. Zum Beweis zeigt er eine Lego-Skelett-Figur.

«Deine Garage hat kein Dach. Wenn es regnet, werden deine Autos nass, und dann kannst du sie genauso gut draußen parken», sage ich. Ich bin eben erwachsen, was soll ich machen?

«Baust du ein Dach?», bittet mich Nick. Also setze ich mich auf den Boden und beginne eine waghalsige Dachkonstruktion. Gewagt deshalb, weil wir zu wenig lange Steine haben. Man braucht lange Steine für einen Dachstuhl. Egal, das wird schon. Ich baue mit Achtern, das sind Steine mit acht Knöpfchen. Es geht nicht mit den Sechsern, die sind zu gar nichts nutze, aber mit Achtern klappt es ganz gut. Nick hilft mir, wir sind ein gut eingespieltes Team. Er sucht Achter, und ich verbaue sie, bis das Dach geschlossen ist. Dann sagt Nick: «Und jetzt würden die Bösen angreifen.»

Da erinnere ich mich, dass ich das als Kind auch gemacht habe: Spielen im Konjunktiv. «Und dann würden wir sie mit Feuer bekämpfen», sage ich. Also werden die Bösen mit Feuer bekämpft. «Und dann würde der hier seinen Teleskoparm ausfahren und die Bösen alle ins Gefängnis bringen», rufe ich. Da lässt Nick seine Figuren sinken, sieht mich ganz ernsthaft an und sagt: «Papa. Das ist ein Legomännchen. Das hat keine Teleskoparme. Und außerdem, guck mal: Das ist eine Krankenschwester. Die kämpft doch gar nicht.» Hm. Ich glaube, der Junge wird langsam erwachsen.

ZAC

Momentan beschäftigt uns ein gewisser Zac. Er nimmt eine kleine Rolle in der keimenden Pubertät unserer Tochter ein sowie in der Teenie-Komödie «High School Musical». Und er versetzte jüngst unsere Familie mit einer Schlagzeile in zarte Schwingung. Sie war vergangene Woche auf der BRAVO zu lesen. Carla musste diese BRAVO haben, sie kündigte einen kombinierten Sitz- und Hungerstreik im Supermarkt an, wenn ich die BRAVO nicht kaufen würde. Also geschah es, und mir war feierlich zumute, denn diese Ausgabe markiert einen Wendepunkt in unserem Leben: Es ist die erste BRAVO meiner Tochter. Ich kann mich noch gut an meine erste BRAVO erinnern. Ich bekam sie 1975 geschenkt, und sie enthielt ausführliche Berichte über sexuell damals uneindeutige Persönlichkeiten wie Marc Bolan oder David Bowie. Das Wort «schwul» fiel aber niemals, Homosexualität blieb noch jahrelang ein großes Geheimnis, man sprach über Schwule, wenn überhaupt, als «ewige Junggesellen». Das ist heute ganz anders.

Auf dem Titelbild von Carlas erster BRAVO ist nämlich also dieser nette junge Herr Zac zu sehen, und daneben barmt es: «Ist Zac wirklich schwul?» Carla war vollkommen aus ihrem neunjährigen Häuschen. «Was? Zac?

Schwul?», rief sie durch den REWE-Markt. Ich fragte sie, was daran so bemerkenswert sei, und sie erklärte mir, dass dieser Zac im Film noch vollkommen normal gewesen sei. Ich belehrte sie, dass er als Schwuler ebenfalls ganz normal und dass Homosexualität heutzutage nichts Besonderes mehr sei.

Das stimmt auch, es sei denn, die von einem Outing Betroffenen dementieren heftig. Dies besitzt mitunter einen größeren Unterhaltungswert als das Outing selbst. Sehr heftig dementierten in letzter Zeit der Münchner Oberbürgermeister Christian Ude sowie der Volksmusikmoderator Florian Silbereisen. Bei Ude ist die Sache klar, niemand würde den ernsthaft für homosexuell halten, trotz seines Freddie-Mercuryesken Schnurrbartes. Der Fall Silbereisen hingegen ist komplizierter. Ungefähr sein komplettes Publikum ist von seiner Homosexualität fest überzeugt, und niemand findet etwas schlimm daran – außer Silbereisen. Der hat vor einiger Zeit offiziell mitgeteilt, er sei absolut nicht homosexuell. Na gut, bitte schön. Mir persönlich wäre er zwar als schwuler Konditor lieber als als heterosexueller Moderator, aber das Leben ist kein Wunschkonzert.

Und was ist nun mit Zac? «Tausende von Mädchen wollen endlich die Wahrheit wissen», schreibt die BRAVO. Im Innenteil findet sich aber keine eindeutige Antwort. Carla muss noch weitere sechs bis sieben Wochen die BRAVO kaufen, um Gewissheit zu haben. Ihre Neugier ist gewaltig. Eigentlich schade, dass die Zeit der Unschuld so allmählich zu Ende geht. Noch vor zwei Jahren war Sexualität und erst recht Homosexualität bei uns kein Thema. Damals scherzte ich, dass mein Bauch daher käme, dass ich bald ein Baby bekäme, worauf Carla kühl erwiderte, Männer könnten gar keine Babys bekommen, außer sie wären schwul, dann schon. So rein und unbelastet war sie noch, inzwischen weiß sie ganz genau, wie das alles geht, sie ist weitgehend aufgeklärt, und es nisten sich erste zarte Gefühle in ihre Beziehungen zum anderen Geschlecht ein.

Es ist ein Prozess, der sich mit dem Verhalten des Rüsselkäfers *Rhynchophorus ferrugineus* vergleichen lässt. Der flugfähige Käfer stammt aus Südostasien, von wo er sich bis nach Südeuropa ausgebreitet hat. Seine Larven haben sich parasitär in schätzungsweise 100 000 Palmen an der Riviera eingenistet. Zur Bekämpfung des Schädlings kommen in Italien bioakustische Messgeräte zum Einsatz. Diese werden an die Palmen gehalten, und wenn aus dem Inneren der Pflanze schmatzende Geräusche zu hören sind, werden die Bäume gefällt, bevor der Rüsselkäfer schlüpfen und seinerseits irgendwo Eier abladen kann.

Und was hat das mit Carla zu tun? Ganz einfach: Inzwischen haben die Rüsselkäfer offenbar unser Heim erreicht. Es mehren sich flugunfähige zweibeinige Exemplare, die in das Zimmer meiner Tochter eindringen. Von dort ist dann stundenlang nichts zu hören. Ich bräuchte dringend bioakustische Messgeräte, um herauszufinden, was da geschieht. Eigentlich geht es mich nichts an, aber wenn ich schmatzende Geräusche höre, muss ich was unternehmen. Aber was?

Meine Lieblingssendung

Vielleicht muss Herr Zwegat mal zu uns nach Hause kommen. Das ist der Schuldnerberater von RTL. Mein TV-Liebling. Falls Sie ihn und seine Doku-Show noch nicht kennen sollten, seine Sendung geht so: Herzensgute, aber grotesk überschuldete dickliche Deutsche wenden sich in letzter Verzweiflung an RTL. Ausgewählte Schicksale werden von Peter Zwegat besucht, damit dieser sich ein Bild von der trüben finanziellen Lage machen und helfen kann. Herr Zwegat berlinert, wiegt den Kopf hin und her und rollt die Augen, wenn et janz dicke kommt.

Die meisten überschuldeten RTL-Deutschen besitzen mutig gestaltete Sofabezüge, viele Katzen und viele Fernbedienungen. Vielleicht gibt es da einen Zusammenhang, ich weiß es nicht. Sie rauchen jedenfalls Kette und trinken literweise Kaffee. Das macht dann auch Herr Zwegat, dem beim ersten Besuch Aktenordner und Stapel ungeöffneter Rechnungen präsentiert werden. Augenrollen, Kaffee, Zigarette. Auf einem Flipchart stellt Herr Zwegat sodann das ganze wirtschaftliche Elend zusammen, malt einen Doppelstrich und spricht aus, was niemand bisher den Mut hatte auszusprechen: «Det macht denn summa summarum 82 356

Europäische und 43 Cent.» Der Vater nickt stumm, die Mutter weint. Kaffee, Zigarette.

Dann kündigt Zwegat drastische Sparmaßnahmen an: Zwei der fünf Handys müssen bitte schön sofort stillgelegt werden, das Premiere-Abo wird gekündigt, und bitte erst einmal keine Kreuzfahrten auf Pump buchen. Sogar die vier Katzen kriegen ab sofort «billjares Futta». Außerdem besucht Herr Zwegat die Bank, das Finanzamt und die wichtigsten Gläubiger, spricht mit ihnen über Stundung, Erlass und Vergleich, rechnet wieder, und siehe da, nach der Werbepause kommt er auf «immahin nur noch 62 967 Euro». Dann sagt er, es sei ein guter Tag gewesen bei den Brömmels und dass noch ein weiter Weg vor ihnen läge.

Zum Ende der Sendung tauchen seit Jahren an den Rand des Bewusstseins gerückte Verwandte auf und leihen Geld; der Vater nickt, die Mutter weint, und schließlich liegen sich alle auf dem gemusterten Sofa in den Armen. Kaffee, Zigarette, Abspann. Meine Lieblingssendung.

Und nun warte ich zu Hause auch auf Herrn Zwegat. Wir haben zwar keine Schulden, aber eine fast zehnjährige Tochter, die kurz davor steht, welche zu machen. Carla investiert ihr Taschengeld in BRAVO, Nagellack mit Glitzereffekt und tütenweise Pombär. Letzteres ist übrigens eine typische Schuldnermahlzeit und wie alles andere erhältlich in unserer dörflichen Taschengeldablieferungsstelle, einem gutsortierten Schreibwarenladen, welcher von meiner Tochter in liebevoller Verkennung von dessen Geschäftstüchtigkeit ihr «kleiner Schreibi» genannt wird. Bald wird ihr ganzes Geld bei ihrem kleinen Schreibi sein, sie wird Kredit bei mir aufnehmen.

Wenn ich ihr keinen mehr gebe, wird sie Freunde anpumpen und schließlich in einen Strudel von Schuld, Scham und Schande gezogen. Dem soll Herr Zwegat vorbeugen.

Er könnte doch mal in Carlas Zimmer sein berühmtes Flipchart aufbauen und Sätze sagen wie: «Zwölf Euro im Monat für Pombär? Mann, Mann, Mann, Mann!» Er könnte mit den Augen rollen und einen Plan aufstellen. «Janz ohne Pombär wird's nich jehn, aber die BRAVO kann man im Freundeskreis zirkulieren lassen, und Glitzereffekte braucht man überhaupt erst mit dreizehn.» Carla würde nicken und zukünftig vernünftiger mit Geld umgehen, alle wären begeistert. Ich fände es ja gut, wenn Herr Zwegat bei allen deutschen Kindern einmal pro Jahr vorbeischauen könnte, zum Beispiel anstatt Nikolaus.

Schuld an der kindlichen Finanzmisere ist natürlich der grauenhafte Materialismus, dieses dauernde Habenwollen. Auch unser Nick ist bereits davon infiziert. Gestern im Auto verlangte er die sofortige Anschaffung eines Nintendo DS zu seiner Zerstreuung. Andernfalls würde er umgehend in die Hose kacken. Ich lehnte ab. Erstens hat Carla schon so ein Ding, und zweitens ist Nick erst fünf. Basta. Ich sagte ihm, er könne was anderes haben. «Was denn?», fragte er. Ich antwortete: «Ein Küsschen.» Und dann sagte er einen Satz, der zwar voller Wahrheit ist und doch gleichzeitig in ganzer Härte den Werteverfall unserer Gesellschaft spiegelt. Er sagte nämlich: «Ein Küsschen ist nur ein Küsschen – und kein elektronisches Gerät.» Was wohl Peter Zwegat dazu sagen würde? Wahrscheinlich: «Mann, Mann, Mann, Mann.»

Mitbestimmung

Wir haben jetzt einen Betriebsrat. Zu Hause. Ich bin nicht drin, denn ich gelte in meiner Familie als Chef, auch wenn ich keine Chefrechte mehr genieße: Ich kann niemanden feuern, nicht einmal abmahnen darf ich, geschweige denn ermahnen. Eigentlich darf ich gar nichts mehr. Und daran bin ich selber schuld.

Das ganze Elend begann damit, dass ich mit unserer Tochter die Nachrichten ansah, was man nicht machen sollte. Zehnjährige Mädchen sollen *Hannah Montana* angucken oder *Spongebob* und nicht den gutgekleideten Herrn Bator, der von Themen spricht, die zu verhängnisvollen Fragen animieren, wie zum Beispiel: «Papa, was ist denn diese Mitbestimmung?» Ich war erst richtig stolz darauf, dass Carla so etwas Wichtiges wissen wollte, es gefiel mir besser als die Fragen «Darf ich zu dem Death-Metal-Wochenende, wo Jungfrauen mit Bier getauft werden?» oder «Hast du was dagegen, wenn wir in meinem Zimmer Satan anbeten?». Entsprechend engagiert erklärte ich ihr also, worum es bei der Mitbestimmung geht und dass es erste Ansätze dazu schon vor 150 Jahren gab und dass es heutzutage üblich sei, dass Firmen einen Betriebsrat wählen, damit die Mitarbeiter auch ein bisschen was bestimmen und sich gegen gewisse Entscheidungen der Unternehmensleitung wehren können. Ich pries die Mitbestimmung als segensreich und als Beispiel für die Modernität unserer Gesellschaft. Dann referierte ich noch ein bisschen über August Bebel, die Arbeiterbewegung und die Geschichte der Sozialdemokratie, aber für die SPD interessierte sich Carla nicht besonders. Sie unterscheidet sich in diesem Punkt nicht vom Rest der Deutschen.

Einen Tag später kam Sara auf mich zu und fragte, was ich dem Kind denn da erzählt habe. Carla sei dabei, einen Betriebsrat für die Familie zu gründen. Ich lachte und sagte: «Lass sie doch, das ist doch ganz gut, das ist angewandtes Wissen.» Und Sara sagte: «Sie hat mich gefragt, ob ich kandidieren will.»

«Und, willst du?», fragte ich, immer noch amüsiert.

«Ich glaube schon.»

Da hätten bei mir die Alarmglocken schrillen müssen. Aber ich reagierte nicht. Am Nachmittag wurde gewählt. Als stimmberechtigt nahmen teil: meine Frau, Sohn Nick, Tochter Carla und unser Au-pair-Mädchen Natalya, die ganz aufgeregt war, weil sie so etwas aus der Ukraine nicht kennt. Als ich darauf hinwies, dass sie nicht zur Familie gehöre, wurde mir verboten, mich weiter einzumischen.

Bereits im ersten Wahlgang wurde Carla Betriebsratsvorsitzende und Sara ihre Stellvertreterin. Sie klatschten sich ab, und eine Viertelstunde später lernte ich unseren Betriebsrat kennen. Ich stand in der Küche und machte mir einen Kaffee. Nick kam vorbei, öffnete wortlos die Speisekammer, fuhr mit der rechten Hand in eine große Tüte und stopfte sich etwa vierzig Gummibärchen in den Mund. Ich fragte ihn, ob er eventuell eine kleine Meise habe. Er sagte: «Das darfst du nicht sagen, sonst gehe ich zum Dingsrat.» Ich antwortete, dass es bei ihm piepe, und er ging zum Betriebsrat, um sich über mich zu beschweren.

Der Betriebsrat hat mir dann verboten, unseren Sohn auf diese Weise zu mobben. Erlaubt ist lediglich die Formulierung «Du hast wohl einen Clown gefrühstückt», denn die fasst er nicht als Beleidigung auf. Außerdem verboten: Stimme erheben, mehrmaliges nervendes Auffordern zum Tischdecken, Aufräumen oder Zähneputzen. Ich darf alles nur noch einmal sagen, und zwar bitte freundlich. Wenn ich mich nicht daran halte, kommen Carla oder ihre Stellvertreterin zu mir und weisen mich auf meine Fehler hin. Die Stellvertreterin amüsiert sich köstlich dabei. Selbst Natalya hat sich schon über mich beklagt. Ihr Zimmer sei zu dunkel und das WLAN-Signal zu schwach. Ich zeigte ihr einen Vogel, aber der Betriebsrat gab ihr recht, die Zustände seien dramatisch. Ich habe beide Missstände beseitigt.

Aber langsam reicht's mir. Ich stehe kurz vor der freiwilligen totalen Aufgabe meines verblühenden Patriarchats. Ich finde, ich bin gar nicht mehr Haushaltsvorstand. Das ist nämlich Sara. Sie darf gar nicht im Betriebsrat sein. Sobald Carla das akzeptiert hat (ich werde sie mit ein, zwei Tüten Pombär bestechen, und, nein, ich schäme mich nicht), kandidiere ich. Und dann kann sich Madame Chef aber schön warm anziehen.

Warum eigentlich immer ich?

Das ist eine sehr interessante Frage, viel interessanter noch als jene, was der Papst morgens nach dem Aufstehen macht, außer Beten. Ob ihm dann manchmal der Gedanke kommt, er könne ausnahmsweise etwas Verrücktes anstellen? Es ist nicht wahrscheinlich, aber möglich, dass der Papst bei der Morgenbesprechung, wenn er mit seinem Privatsekretär Georg Gänswein die Termine durchgeht, hier und da den Wunsch verspürt, in die Hände zu klatschen und zu rufen: «Schorsch! Heute lassen wir das mal alles. Ich schlage vor, wir machen in den vatikanischen Gärten ein Beachvolleyball-Turnier. Wir gegen die Schweizer Garde!» Da wir aber niemals erfahren werden, ob derartige Vergnügungen in der Lebensplanung von Papst Benedikt XVI. eine Rolle spielen, lieber zurück zu der Eingangsfrage: Warum eigentlich immer ich?

Warum werde ausgerechnet ich ständig von Kindergärtnerinnen zusammengefaltet? Die hassen mich. Das war schon immer so, seit unser Sohn in den Kindergarten geht. Zuerst schickten wir ihn in einen Waldkindergarten, weil wir das für modern hielten. Nick fand es eher ziemlich altmodisch, und damit hatte er recht. Wenn er zum Beispiel aufs Klo wollte, musste er ein Loch graben, in welches er dann kacken sollte. Das gefiel ihm aber nicht, und er machte lieber in die Hose. Folgerichtig wurde ich beim Abholen regelmäßig von der Kindergärtnerin angepampt. Irgendwas in der Vater-Sohn-Beziehung sei offensichtlich gestört, da suche Nick ein Ventil für seine Frustrationen. Ich machte mir ernsthaft darüber Gedanken, bis mir einfiel, dass auch ich ungerne in Löcher mache. Ich erinnere mich an frühe Ferienaufenthalte in Frankreich und mit welchem Ekel ich barfuß auf geriffelten französischen Campingklokacheln gehockt habe, um in Löcher zu machen. Warum sollte Nick etwas mögen, das ich nicht ausstehen kann?

Wir meldeten ihn ab, und er kam in einen katholischen Kindergarten. Nach drei Wochen brach er weinend über seinem Mittagessen zusammen und war kaum zu trösten. Was denn los sei, fragte ich ihn, und Nick schluchzte, dass der Jesus bloß wegen seiner vielen Sünden gestorben sei. Wir meldeten Nick ab, und seitdem geht er in den Gemeindekindergarten. Sie haben dort Toiletten, niemand muss Löcher graben, außer zum Vergnügen. Und Sünden werden sofort bestraft oder vergeben, ganz ohne Umweg und Stellvertreter.

Meistens muss ich büßen. Letztes Jahr im November erschienen wir nicht zum Sankt-Martins-Zug. Nick wollte lieber bei seiner großen Schwester und der Schule mitlaufen. Tags darauf wurde mir von einer feuchtäugigen Erzieherin ausführlich mitgeteilt, dass alle ganz, ganz traurig gewesen seien, weil der Nick nicht da gewesen sei. Einmal schmuggelte ich Nick einen Schokobon in die Brotdose. Am Mittag bat mich die Kindergärtnerin, dies bitte künftig zu unterlassen, weil es die anderen Kinder sehr, sehr traurig mache, wenn einer sich nicht an die Regeln hielte. Ständig sind sie dort ganz, ganz traurig und sehr, sehr enttäuscht. Von mir, dem Vatermonster. Ich vergesse die Turnsachen, ich packe keine Kartoffel zum Basteln ein und erhalte dafür täglich beim Abholen einen kleinen Heb-Senk-Einlauf. Auch in der Kleiderordnung versage ich. Manchmal ziehe ich Nick falsche Schuhe an oder sogar Gummistiefel, wenn es schnell gehen muss. Kindergärtnerinnen haben ein Gespür dafür, wenn Väter es eilig haben. Und das ist ganz, ganz traurig. Kindergärtnerinnen halten sich für die besseren Väter.

Bei Müttern trauen sie sich nicht, was sie sich bei mir trauen, dem eiligen pflichtvergessenen Barbar, der neulich nicht mitbekommen hat, dass sein Sohn heimlich eine kleine Flasche Cola Zero in seine Tasche geschmuggelt hat. Man nahm sie ihm ab und zeigte sie mir, als ich ihn abholte: «Bitte geben Sie Ihrem Sohn so etwas nicht mehr mit. Das ist ganz, ganz schädlich.»

«Aber ich habe sie ihm nicht gegeben. Er hat sie heimlich mitgenommen.»

Darauf sie mit nässenden Augen: «Bitte!» Sie fügte dann noch hinzu, dass sie meine Probleme auch mal beim Elternabend diskutieren wolle.

Solche Probleme hat der Papst natürlich nicht. Er muss sich zeit seines Lebens nie mit Kindergärtnerinnen zanken. Ist Vater, Heiliger Vater sogar – und muss trotzdem nie zum Elternabend. Der hat's gut.

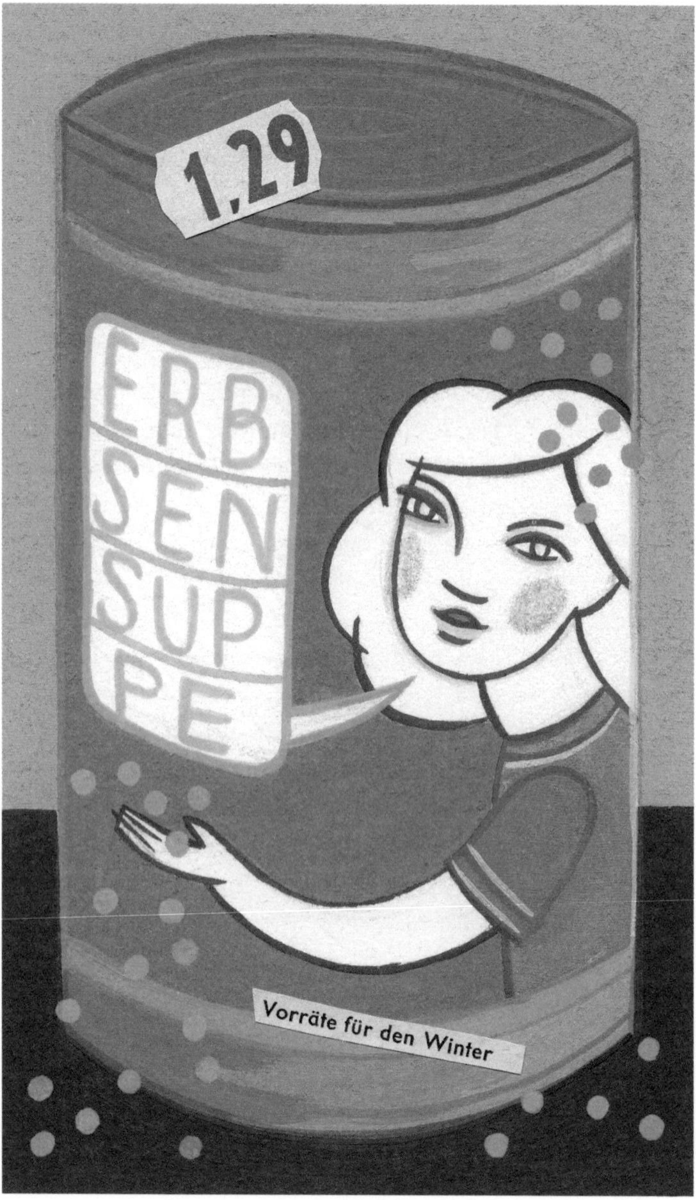
1,29
ERB
SEN
SUP
PE
Vorräte für den Winter

Speisekammer-Archäologie

Die Lektüre von Tageszeitungen führt zwangsläufig zur Befüllung des Geistes mit neuen Begriffen, welche man aber häufig gar nicht braucht, weil sie bloß ganz selten im Leben erforderlich sind, beispielsweise das Wort «Pechnase». Also liegen derlei zauberhafte Wortschöpfungen nutzlos in der Dachkammer des Bewusstseins herum und entrümpeln sich irgendwann von selber, indem man sie wieder vergisst. Jahre später möchte man aus irgendeinem Grund wissen, wie die seltsamen halbrunden, unten offenen Mauervorsprünge über Burgtoren eigentlich heißen, muss es mühsam recherchieren und feststellen, dass man den Begriff «Pechnase» schon mal irgendwann gehört hat. Aber wo? Und wann?

Gerade lief mir im Wissenschaftsteil der Zeitung wieder so ein entzückendes Wort über den Weg: «Speisearchäologie». Speisearchäologen sind Wissenschaftler, die sich darum bemühen, genau so zu kochen, wie das vor fünfhundert Jahren üblich war. Und sie ziehen sich auch so an, schrubben Töpfe mit Sand und verwenden Geschirr von damals. Sie kochen nach uralten Rezepten mit Zutaten, die zum Teil gar nicht mehr gebräuchlich sind, verderben sich manchmal den Magen, übergeben sich aber immerhin mit wissenschaftlicher Würde. «Speisearchäologe» werde ich nicht mehr vergessen, denn ich habe es in meinen aktiven Wortschatz übernommen, wenn auch leicht abgewandelt. Ich bin nämlich seit Jahren hobbymäßig so etwas Ähnliches, ich hatte nur bisher keinen Begriff dafür. Nun aber. Ich bin: Speisekammerarchäologe.

Die Speisekammerarchäologie ist eine postmoderne Form der Altertumsforschung, und ich fröne ihr vorzugsweise im Keller meiner Schwiegereltern. Immer, wenn ich sie besuche, steige ich hinab. Das ist als Abenteuer nur noch vergleichbar mit der Erforschung einer ägyptischen Pyramide. Ich habe natürlich nicht Taschenlampe und Pinsel dabei, um irgendwo Staub abzufächeln, aber ich gehe nie ohne einen kleinen Weidenkorb, in welchen ich meine Entdeckungen lege, um sie oben im Wohnzimmer zu präsentieren.

Was ich beim letzten Mal fand: Saras Springseil, das sie zur Einschulung 1976 bekommen hat, eine (volle!) Flasche Altbier mit einem Etikett im prachtvollsten Siebziger-Jahre-Design sowie die Reste eines mythenumrankten Gartengrills, welcher 1982 während des WM-Endspiels angeblich in dem Augenblick explodiert ist, als Altobelli in der 81. Minute das dritte Tor für die Italiener schoss. Wunderbare Dinge fördere ich zutage. Das meiste davon muss ich gleich anschließend wieder hinuntertragen, der Grill zum Beispiel ist so etwas wie ein Siegerpokal und darf nicht auf den Müll. Ich bin inzwischen in der ganzen Familie gefürchtet, denn ich gelte zudem als geschickter, aber nervtötender Mindesthaltbarkeitsdatumsucher. Das geht meiner Schwiegermutter auf den Geist. Vor kurzem entdeckte ich in ihrem Keller eine von ihr mit fundamentalistischem Eifer beschützte Dose Erbsensuppe mit einem Preisschild, auf dem «DM 1,29» stand. Das Mindesthaltbarkeitsdatum war nicht mehr zu erkennen, aber das Preisschild stammte von einem Geschäft, welches vor gut dreiundzwanzig Jahren für immer geschlossen hat. Ein anderer Fund, der mich in Atem hielt, bestand aus einer Packung mit Gelatine-Blättern. Mindestens haltbar bis 1981, also «tippeditoppe», wie mein Schwiegervater behauptete. Er ist der Einzige, der die Speisekammerarchäologie schätzt. Manchmal nimmt er sogar an Expeditionen in seinen Keller teil und reagiert mit ehrlichem Erstaunen, wenn ich zum Beispiel Werkzeug mit dem Logo seines früheren Arbeitgebers aus einer Kiste ziehe.

Ich habe auch zu Hause schon so manche Kühlschrank-Zeitbombe entschärft und mir damit die Bewunderung meines Sohnes Nick verdient, aus dem einmal ein hervorragender Speisekammerarchäologe werden könnte, wenn er sich der Ernsthaftigkeit dieses Forschungszweiges öffnete. Dies ist aber bisher leider nicht der Fall. Neulich fand ich an der Unterseite seines Bettes einen sagenhaften Kaugummi, ein rosa Monster, in welches ich griff, als ich das Bett verschieben musste, um dahinter nach dem Urzeitkrebsfutter zu suchen. Ich langte also in den mäßig klebrigen Kaugummi und zog ihn ab. Dabei blieb ein großer Splitter Buntlack vom Bettkasten daran kleben. Ich hob ihn hoch und sagte: «Wie lange klebt denn der schon unter dem Bett?» Und Nick antwortete: «Weiß nicht. Ich habe ihn schon überall gesucht.» Er nahm mir meinen Fund weg und schob ihn sich samt blauem Lack in den Mund. Keinen Sinn für die Wissenschaft hat der Bursche.

Kontaktanzeigen

An und für sich bin ich mit meiner Ehe recht zufrieden. Trotzdem lese ich gerne und mit wohligem Grusel Kontaktanzeigen. Man muss sich doch darüber informieren, was so auf dem Markt ist. Wer weiß, vielleicht sucht ja irgendeine Frau genau nach mir. Das will man doch wenigstens wissen, oder?

Tatsächlich bin ich bisher allerdings nicht fündig geworden. Nach Männern suchende inserierende Frauen möchten eigentlich in erster Linie verreisen. Eine Stichprobenanalyse der Kontaktanzeigenseite im ZEIT-Magazin hat ergeben, dass annähernd siebzig Prozent aller Frauen für ihr Leben gerne in Urlaub fahren. Sie möchten jemanden kennenlernen, der mit ihnen wochenlang Sehenswürdigkeiten in Griechenland ansieht und klaglos Berge von Moussaka verzehrt. Dabei bringen solcherart Ferien die uncoolsten Seiten eines Mannes zum Vorschein: Schweißflecken, Käsesocken, Sonnenbrand auf der Nase, Sodbrennen. Warum sind Frauen darauf so scharf? Ganz einfach: weil sie klug sind. Auf einer Reise lernt man nämlich einen Menschen richtig kennen. Bei einem Abendessen auf dem Balkon kann ein Mann ja wer weiß was erzählen, seine Beziehungstauglichkeit beweist er erst, wenn er bei vierzig Grad Hitze Mofabenzin durch einen Gartenschlauch aus dem Kanister ansaugt und gleichzeitig zuhört, wie die Frau griechische Sagen aus dem Reiseführer vorliest. Außerdem erfährt man auf Reisen intime Details des Partners, zum Beispiel über hygienische Gewohnheiten, für deren Erkundung man sonst Monate bräuchte. Daher wohl diese Reisesucht der Frauen in den Kontaktanzeigen.

Manche gehen auch gerne in Diavorträge, und viele suchen nach jemandem, der außerdem gerne exotische Tänze tanzt. Ich tanze eher selten – vor allem Minnetanz – und komme schon deswegen für die meisten Damen meiner Altersklasse nicht in Frage. Überhaupt entspreche ich nie den Erwartungen, die in den Anzeigen formuliert werden. Ich bin weder Unternehmer noch Arzt, noch vermögender Motorradrocker mit akad. Hintergr. und finde die Frauen ganz schön anspruchsvoll.

Ich warte auf eine Kontaktanzeige, in der eine Frau einen maulfaulen Stubenhocker sucht, der weder tanzt noch wandert, aber gerne die Sopranos guckt und dabei Pralinen futtert. Aber so eine Kontaktanzeige habe ich noch nie gesehen. Offenbar sind Typen wie ich nicht sehr gefragt. Außer bei mir zu Hause.

Gesucht sind hingegen Herren mit Bildung und Charakter, aber es steht selten dort, wie viel Bildung und Charakter denn so genau verlangt werden. Zu viel von beidem halte ich für unerträglich. Aber ich bin ja auch keine Frau. Mal lesen, was sonst noch gewünscht wird. Eine «gut sit. Witwe» sucht jemanden für «lebendigen, seelischen u. intell. Austausch (z. B. ü. Kunst, Politik u. Psych.)». Da stellt sich die Frage: Was bedeutet «gut sit.»? Vielleicht gut sitzend. Eine gut sitzende Witwe würde ich schon gerne mal kennenlernen.

Immerhin weiß man bei ihr, woran man ist. Bei der Kandidatin darunter ist das gar nicht so einfach herauszufinden: «Stille eines Sommermorgens am See, Farben, Spiel der Libellen, Fische, Vögel, Sonne, Wind auf der Haut … Sehnsucht teilen zu dürfen. Erleben, Leben … still, sinnlich, lebendig.» Hm. Da bekommt man ja doch ein bisschen Angst.

Vielleicht muss ich selber mal eine Kontaktanzeige schreiben. Obwohl ich gar keine Kontakte suche, denn das ist furchtbar anstrengend, und es besteht ja auch kein Bedarf. Sara findet aber, ich solle das ruhig mal ausprobieren, dann würde ich sehen, was ich an ihr habe. Das mag stimmen. Wenn ich inserieren würde, lautete der Text wahrscheinlich: «Suche eine Frau, die genauso ist wie meine.» Die schönste Kontaktanzeige eines Mannes, die ich je las, war sehr kurz. Der Text lautete: «Trinke Ihren Wein. Komme ins Haus.»

Ćevapčići

Seit Tagen trage ich eine Schuld mit mir herum. Ich habe sie mir in unserer Küche aufgeladen, sie wiegt schwer, nun ja: Ich habe meinen Kindern olle Ćevapčići angedreht. Ich ahne, Sie sind empört. Jedenfalls war das so: Ich arbeitete in himmlischer Ruhe, denn ich war alleine zu Hause. Und plötzlich standen Carla und Nick vor der Tür. Schule und Kindergarten waren aus, der Heimweg hatte sie in hungrige Kindermonster verwandelt. Sie stürzten in die Küche. «Wo ist unser Mittagessen?» Tja. Ich hatte sie vergessen, die armen Monsterkinder. Und das Mittagessen auch. Panisch durchwühlte ich den Kühlschrank, und dann fiel mir eine Packung Ćevapčići in die Hände. Sechs Stück. Von mir einige Zeit zuvor fürs Grillen besorgt, dann aber nicht einmal ausgepackt. «Och nööö», hatten die Gäste gesagt. Keiner wollte Ćevapčići. Also landete die Packung mit den gewürzten Hackfleischröllchen hinter dem Senf und einem nie probierten Quittengelee im Kühlschrank.

Ich sah nun auf das Etikett, da stand ein Datum und eine sehr ernste Formulierung: Vor dem Soundsovielten aufbrauchen. Und der Soundsovielte war schon zwei Tage her. Die Dinger waren abgelaufen. Ich öffnete die Folie. Die Ćevapčići sahen ein wenig grau aus, ungefähr

139

wie ich am Neujahrsmorgen, aber sie rochen viel besser. Jedenfalls nicht verdorben.

Also briet ich meinen Kindern die nicht übel riechenden Gammelčići, und sie aßen sie mit gutem Appetit. Sie lobten mich sogar, besonders weil ich verzichtete, denn es waren ja nur sechs Stück. Eineinhalb Tage lang machte ich mir Sorgen, aber niemand ist gestorben. Woher nun mein Schuldgefühl?

Ganz einfach. Die Frage ist: Hätte ich Nick und Carla sagen sollen, dass die Teile schon abgelaufen waren? Eigentlich hatten sie ein Recht auf diese Information, oder? Andererseits hätten sie das Zeug dann nicht angerührt, und wir hätten ein riesengroßes Mittagessenstheater gehabt. Und letztlich waren die Balkan-Buletten ja auch nicht schlecht.

Englische Väter haben es in diesem Punkt leichter. Auf ihren Ćevapčići-Packungen steht nicht: «Vor dem Soundsovielten verbrauchen» oder «Nicht nach dem Soundsovielten verbrauchen». Sie lesen vielmehr die geniale Formulierung: «Best before» dem Soundsovielten. Das bedeutet noch lange nicht, dass man die Ćevapčići danach nicht mehr essen kann, sie sind nur nicht mehr best, sondern eventuell nur noch zweitbest. And zweitbest is immer noch better than abgelaufen. Nick wäre mit zweitbest auf jeden Fall einverstanden.

Praktisch wäre in diesem Zusammenhang übrigens die Einführung eines Haltbarkeitsdatums für Fernsehschaffende, Sportler und Politiker. Man wüsste dann, wann man sie zu entsorgen hätte, und müsste sie nicht noch jahrelang mit sich herumschleppen. Thomas Gottschalk zum Beispiel ist schon seit Jahren abgelaufen. Unter seinen Haaren steht: «Best before 1996.» Der ist schon

Jahre über dem Verfallsdatum! Oder Lothar Matthäus. Der spielte noch in der Nationalelf, als er längst zweitbest war. Am Ende war er sogar häufiger elftbest, was dem Trainer Erich Ribbeck aber nicht auffiel, weil jener selbst bereits das Verfallsdatum überschritten hatte.

Bei Politikern ist das oft nicht ganz leicht festzustellen. Verfügt ein Ministerium über eine anständige Klimaanlage, so lässt sich eine Ministerin wie Heidemarie Wieczorek-Zeul mühelos ein Jahrzehnt oder länger darin aufbewahren, ohne gammelig zu wirken. Das ist aber selten. Als der frühere bayerische Ministerpräsident Edmund Stoiber sein Verfallsdatum überschritten hatte, rochen das zuerst die eigenen Parteifreunde. In diesem speziellen Fall wäre allerdings zu prüfen, ob seine Nachfolger Beckstein und Huber nicht bereits vor ihrem Amtsantritt abgelaufen waren.

Ein in diesem Zusammenhang ganz interessanter Fall ist Oskar Lafontaine. Er stellt ein seltenes Beispiel für einen Politiker dar, der sich selbst entsorgt hat. Er hat sein Mindesthaltbarkeitsdatum (03 / 1999) nicht überschritten, sondern rechtzeitig alle Ämter im Kabinett des damaligen Bundeskanzlers Schröder (übrigens best before 2004) niedergelegt. Interessanterweise tauchte derselbe Lafontaine mit einer neuen Gewürzmischung Jahre wieder auf. Sein Etikett wurde überklebt, und so bleibt er uns noch mindestens vier, bei kühler Lagerung sogar sechs Jahre erhalten.

Die Schlacht
bei Brothmanns

Ich hatte keine Lust auf das Abendessen bei den Brothmanns. Ich wollte lieber: alte Fotoalben ansehen, Nägel nach Größen sortieren, einen Freddie-Mercury-Lookalike-Wettbewerb veranstalten. Fernsehen. Sara rechnete mir jedoch vor, wie oft wir schon bei Brothmanns abgesagt hätten und dass sie eine erneute Absage bestimmt als Zeichen des Desinteresses auffassen würden. «Zu Recht», brummte ich. Sara fügte hinzu, dass sehr nette Leute dorthin kämen und ich nie, nie, nie irgendwohin wolle.

Wir erschienen also gegen meinen Willen auf die Minute pünktlich. Ich wurde zwischen einen österreichischen Galeristen und eine hessische Pharmareferentin gesetzt. Sara befand sich am interessanten Ende des Tisches, wo sie sofort mit einem Wesen ins Gespräch kam, das aussah wie eine Pornodarstellerin vom Mars. Der Galerist begann einen Vortrag über einen Linzer Bildhauer, welcher mit organischem Material verwesende Skulpturen herstellte. Ich hatte gerade beschlossen, mich zu betrinken, als es an der Haustür klingelte.

Von der Tür her hörten wir Gezeter. «Siehst du, alle sitzen schon. Du blöde Kuh!», sagte eine Männerstimme. «Ach, lass mich doch in Ruhe, Drecksack!», rief eine

Frauenstimme. Frau Brothmann betrat das Esszimmer mit einem übelgelaunten Paar, welches sie als die Eheleute Gant vorstellte. Herr Gant setzte sich mir gegenüber, trank mein Glas in einem Zug aus und begann, mich und meine Sitznachbarn in sein Ehemartyrium einzuweihen. Während Gant sprach, sah ich zu meiner Frau hinüber. Sara hielt sich die Hände vor den Mund und nickte. Unter Tränen erzählte Gants Frau offenbar ihre Version des gemeinsamen Ehedramas.

«Wenn hier einer Grund zum Heulen hat, dann bin ich das», rief Gant zu ihr hinüber. Ich fand ihn im Recht, denn diese Frau hatte ihm seiner Schilderung nach nicht nur den heutigen Tag verdorben, sondern genau genommen die letzten vierzehn Jahre.

«Lassen Sie doch endlich Ihre Frau in Ruhe», rief Sara zurück. Ich schätze sie für ihre Zivilcourage, aber sie kannte nur die halbe Wahrheit über die saubere Frau Gant, und daher fühlte ich mich aufgerufen, ihren armen Mann zu verteidigen. Das gefiel der Außerirdischen nicht. Sie beschimpfte mich als Chauvi, was den Galeristen auf den Plan rief, der das ganze Thema grundsätzlich diskutieren wollte. Seine Frau hielt dies für eine seiner typischen Schwachsinnsideen, ähnlich der, Werke eines Perversen zu verkaufen, die jener aus seinen Exkrementen fertige. «Von wegen organisches Material! Ha!» Die Pharmareferentin begann ein wenig hysterisch zu lachen. Ich bat sie, Rücksicht auf die Gefühle des Österreichers zu nehmen, worauf ich von Frau Brothmann als Weichei verspottet wurde.

«Geschlechterkampf» lautet die euphemistische Beschreibung dessen, was sich die folgenden drei Stunden abspielte. Angebrachter wäre eher so etwas wie «Die

Schlacht bei den Brothmanns». Schnell versanken Männer und Frauen in ein blutiges Gemetzel, selbst glückliche Ehepartner hieben mit Worten und in einem Fall mit einem Salzstreuer aufeinander ein. An das Essen, zu welchem wir eigentlich geladen waren, kann ich mich nicht erinnern. Es wird aber wohl welches gegeben haben, denn es wurde damit geworfen.

Gegen Mitternacht wollte ich nach Hause, ich war heiser, wütend und angetrunken wie ein Schalke-Fan am Samstag um Viertel nach fünf. Außer uns saßen nur noch die inzwischen ausgebrannten Gants sowie die Gastgeber am Tisch. Brothmann erhob sich, griff in seine Hosentasche und zog mehrere hundert Euro heraus. Er übergab sie Gant und sagte: «Das war großartig. Genau wie besprochen. Ich bin ganz begeistert. Vielen Dank.» Auch Frau Brothmann gab ihrem Entzücken Ausdruck und dankte den Gants für den wundervollen Abend.

Wir verließen das Brothmann'sche Heim zusammen mit den Gants. Auf der Straße hielt ich ihn am Mantel fest, worauf er mir schweigend eine Karte in die Hand drückte. Darauf stand der wahre Name des Paares sowie eine Telefonnummer und anstelle eines Titels oder Berufes: «Dinner Performance».

Schweigend fuhren Sara und ich nach Hause. Die Galeristin hat übrigens die Scheidung eingereicht. Habe ich gehört.

Eine brandheiße Hochzeit

Wir saßen im Garten von Freunden, die wir lange nicht besucht hatten. Nebenan war inzwischen gebaut worden, und zwar scheußlich, wenn ich das mal sagen darf. Im Augenblick wird überall Zeug hingestellt, über das man sich in spätestens zwanzig Jahren schieflacht. Die einheimische Architektur ist von einem mediterranen Gestaltungsvirus infiziert worden, und dieser führt unter anderem zu funktionslosen Säulen und ausdrucksstarken Fassadenfarben. Ob in Buckow, Brakel oder Butzbach, überall in Deutschland macht sich dieser Trend breit, meist einhergehend mit dem unguten Gefühl, ganzjährig in einer spanischen Feriensiedlung zu leben. So eine schwammtupftechnische Aprikosenbude steht nun also seit kurzem in direkter Nachbarschaft zu unseren Freunden, die am liebsten ständig eine Sonnenbrille tragen würden, auch nachts. Oder gleich eine Tüte über dem Kopf.

Manchmal grillen die neuen Nachbarn mit ihrem vierrädrigen Gasdingsbums, und vor kurzem haben sie geheiratet. Das war an dem Tag, an dem wir nebenan den Weltuntergang herbeisehnten. Die Leute verbanden ihre Hochzeit mit einem Housewarming, zu welchem Freunde und Verwandte aus ganz Deutschland herbeigeeilt kamen, um auf dem frischgesäten Rasen Bellini zu trinken und von der forschen Architektur des Eigenheims zu schwärmen.

Dann wurden Reden gehalten, wir erfuhren einiges über Tobias und Susanne von nebenan. Dass der Tobias beispielsweise ein ausgezeichneter Risiko-Mathematiker und Trompeter sei, was er höchstpersönlich mit einem Ständchen für die Susanne unterstrich. Er blies ihr «La Montanara», was aufgrund seiner Trunkenheit eine ganz eigene Melancholie entfaltete. Dann wurde ein dicker Ast zersägt, und Tobias schleppte seine Susanne durch ein herzförmig ausgeschnittenes Bettlaken. Anschließend wieder eine Rede, Musik, eine Rede und gegen 23.00 Uhr ein kurzes Feuerwerk mit von Tobias seit Silvester zurückgehaltenen Sprühböllern und Raketen. Eine schlug in Susannes Goldfischteich ein und forderte ein sentimental im Todeskampf gegen die Partymusik anquakendes Opfer.

Wir ließen unsere Freunde zurück und fuhren nach Hause. In dieser Nacht hatte ich einen Albtraum. Ich stand mit den anderen Gästen von Tobias und Susanne auf der Marbella-Terrasse ihres Eigenheims und trank Bellini, als der Vater des Bräutigams das Wort ergriff: «Liebe Gäste, liebe Susanne, mein lieber Sohn. Ich stehe hier und kann nicht anders, denn einer muss es mal sagen, und das steht mir, dem Vater, zu. Jedenfalls: Ich finde, lieber Tobi, für einen Bettnässer hast du dich erstaunlich gemacht. Nein, kein Applaus jetzt! Wenn jemand es schafft, trotz seiner für alle sichtbaren Unzulänglichkeiten überhaupt eine Frau zu finden, dann ist das alle Ehren wert. Jetzt könnt ihr klatschen. Danke schön. Gut, die Susanne, na ja, die ist jetzt nicht, wie soll ich sagen, für einen normalen Mann geeignet. Aber zu dir passt sie wie die Fliege auf die Frikadelle. Ich finde es gut, dass ihr den Mut hattet, über diese Agentur in Kontakt zu treten. Dass du beim ersten Treffen so viel getrunken hast, das kann jeder verstehen, aber am Ende hat dir die Susanne gefallen, und das ist die Hauptsache. Und da muss ich jetzt mal sagen: Die Susanne hat sich dich nicht schöngetrunken. Die hat dich von Anfang an gemocht. Das macht uns sehr glücklich, die Mama und mich, denn wir haben immer gedacht, der Tobi sitzt für ewig bei uns unterm Weihnachtsbaum. Aber nun könnt ihr euch einen eigenen Weihnachtsbaum kaufen, und dafür danken wir dir, Susanne. Und eines noch zum Schluss: Wir möchten, wenn es geht, bitte keine Enkelkinder. Nochmal das ganze Elend unseres Sohnes zu durchleben, das wäre wirklich zu viel für die Mama und mich.»

Der Vater hob sein Glas und wollte noch etwas hinzufügen, aber Tobias warf den Gasgrill durch die Terrassentür. Die Vorhänge fingen Feuer, und die ganze Hütte brannte bald lichterloh. Ein im Traum augenblicklich angerückter Trupp der Feuerwehr löschte jedoch nicht, sondern stand nur daneben und trank Bellini aus der Flasche. Auch wenn ich dies als Pflichtverletzung empfand, sagte ich nichts, stand nur dabei und sah in die gludernde Lot, wie Edmund Stoiber vielleicht gesagt hätte, wenn er dabei gewesen wäre. War er aber nicht.

Wunschgedanken

Gerade eben noch wollte Nick sich umbringen. Dann wollte er mich umbringen. Er sagte: «Ich schlachte dich, und dann kannst du mir nichts mehr verbieten.» Das stimmt. Ich hatte ihm untersagt, morgens um zehn nach acht *Jetix* einzuschalten, einen TV-Sender für Gehirnamputierte und alle, die es noch werden wollen. Er sieht sich darin am liebsten die *Power Rangers* an. Ich glaube nicht, dass es weltweit etwas Dämlicheres im Fernsehen gibt. Dagegen ist jede Volksmusiksendung ein Rat der Weisen.

Die Ferien haben angefangen, und Nick langweilt sich. Ich finde aber, Kinder sollen sich erst ab 18.oo Uhr langweilen und nicht schon um zehn nach acht am Morgen. Also kein Fernsehen. Er verzog sich, und ich hörte länger nichts, ging also nach dreißig Minuten auf die Suche nach ihm. Er war nicht bei seinem Urzeitkrebs und auch nicht in der Badewanne, in der er manchmal sitzt und grübelt. Er lag auf dem Bett seiner Schwester und spielte mit ihrem Nintendo. Darf er nicht. Habe nicht ich verboten, sondern sie. «Was spielst du denn da?», fragte ich, und er antwortete mit tonloser Stimme: «Mario Barth.» Das verschlug mir die Sprache. Macht der Typ jetzt auch noch in Konsolenspielen? Dann wird so ein Spiel vermutlich von Wettpupsen, Preispinkeln und virtuellem Mädchen-den-Arm-Umdrehen handeln. Das ist nicht gut für kleine Jungs. Ich war dann aber beruhigt, denn es handelte sich nicht um Mario Barth, sondern um Mario Cart. Das ist okay, soweit ich das beurteilen kann. Trotzdem durfte er nicht damit spielen und kündigte an, mich demnächst auf recht unappetitliche, aber spektakuläre Weise umzubringen. Mein Sohn ist so eine Art Sweeney Todd der Vorschule.

«Warum willst du ausgerechnet mich umbringen? Bring doch deine Mutter um, die ist genauso böse wie ich.»

«Aber du bist alt.»

Herzlichen Dank. Ich bin alt und böse. Ich fragte ihn, was er denn ohne Vater anfangen wolle, und er antwortete: «Ich ziehe in den Wald und wohne da.»

«Ohne Jetix und Nintendo?»

«Das nehme ich alles mit in den Wald.»

«Und wer kocht für dich?»

«Ich brate mir ein Eichhörnchen.»

Was er denn machen wolle, wenn er sein frugales Mahl beendet habe und es dunkel würde. Ob er dann nicht Angst bekäme, ganz alleine im Wald? Er erläuterte mir, dass er sich abends einfach neue Eltern suche. Solche, wie der Roman hätte. Die Eltern von Roman erlauben alles; sie essen mit den Kindern pro Tag ein Glas Nutella leer und lassen sie so viel fernsehen, wie die wollen. Ehrlich gesagt sehen die Eltern von Roman auch ganz genau so aus. Und das sind die Wunscheltern meines Sohnes. Na super.

Ich sagte, dass er sich gerne wünschen könne, wonach ihm sei, aber dass man sich im Leben damit abfinden müsse, dass sich manche Dinge nicht ändern ließen. Nick ging in sein Zimmer, um dort eine Kernschmelze in der Spongebob-Ananas herbeizuführen. Ich saß am Esstisch und dachte über die Unabänderlichkeit unseres Lebens nach.

Ich wünsche mir eine nicht endende Klopapierrolle. Ich wünsche mir für jedes Land einen Obama. Ich wünsche mir, dass die Leute im Supermarkt den Käse nicht in diese unzerstörbare Folie einwickeln. Ich wünsche mir leistungslosen Superreichtum. Ich wünsche mir einen Porsche mit Elektromotor. Ich wünsche mir eine Fernsehzeitschrift, in der nur die Sendungen drinstehen, die ich sehen will. Ich wünsche mir einen Sohn, der nicht nach meinem Leben trachtet, sondern morgens um zehn nach acht ein schönes Bild für mich malt. Werde ich alles nicht bekommen.

Wir vertrugen uns bald wieder. Mittags fuhren wir zu McDonald's, und er bekam zur Feier des Tages einen Big Mac. Er durfte ihn sogar selber bestellen. Ich hob ihn hoch, und er sagte ganz höflich: «Guten Tag, ich möchte bitte einen Dick Mac.» Selten hat jemand das Wesen amerikanischer Ernährungskultur derart zutreffend gebündelt.

Humor

Kinder und Erwachsene haben eindeutig nicht denselben Humor. Das kann ich Ihnen, liebe Leserinnen und Leser, ganz leicht beweisen, indem ich Ihnen folgenden Witz erzähle, den ich Sie bitte, anschließend einem Sechsjährigen vorzutragen. Sie werden sehen, das wird kein großer Ankommer. Der Witz geht so: Was haben Jesus und ein VW-Bus miteinander gemein? Ganz einfach: Beide sind Märtürer. Haha.

Den Humor meines Vaters habe ich als kleiner Junge auch nicht verstanden, mehr noch: Ich hatte regelrecht darunter zu leiden. Zuweilen hielt er ein brennendes Feuerzeug über meinen Kopf und fragte: «Was ist das?» Mit kindlichem Fatalismus antwortete ich dann jedes Mal: «Weiß ich nicht.» Und er sagte «Dover unter Feuer» und amüsierte sich sehr. Viele hundert Male hat er diesen Scherz mit mir gemacht, und es war ja auch ein wirklich guter, aber ich kapierte ihn einfach nicht. Ebenso wenig verstand ich die richtige Antwort auf seine Frage: «Warum hat Krause keine Haare?» Ich dachte intensiv darüber nach, aber des Rätsels Lösung («Neger haben krauses Haar») war mir einfach zu kompliziert. Keinen Schimmer, was er damit meinte. Was wollten denn die Neger bloß mit Krauses Haa-

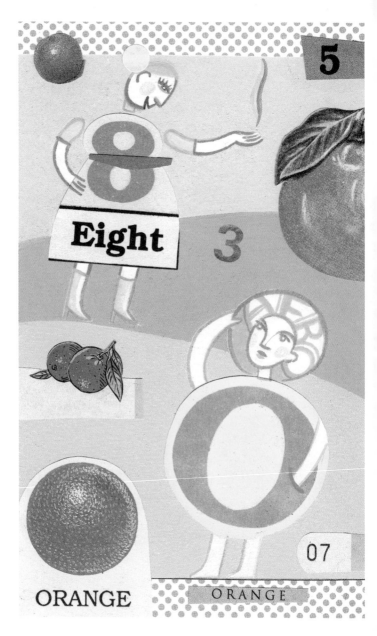

ren anfangen? Und warum fand mein Vater das so komisch?

Ähnlich verschaukelt mag sich Nick gefühlt haben, als ich ihm neulich einen sehr schönen Kinderwitz erzählte. Der geht so: Treffen sich eine Null und eine Acht in der Wüste. Sagt die Null: «Du hast aber einen tollen Gürtel an.» Ich fand das sehr ulkig. Aber Nick verzog keine Miene. Er weiß noch nicht so genau, wie eine Acht aussieht. Er sah mich an, als sei ich ein Liter saure Milch.

Wenig später hörte ich, wie er den Witz seiner großen Schwester erzählte: «Treffen sich eine Wüste und die Null und 'ne Sieben. Sagt die Null: Du hast ja einen Gürtel an.» Carla sagte: «Das ist überhaupt nicht lustig, und es hat gar keinen Sinn.» Aber Nick schüttete sich aus vor Lachen. Seitdem erfindet er Witze von sensationeller Unlustigkeit. Er könnte viel Geld als Witzeautor beim Fernsehen verdienen. Einer seiner Lieblingswitze geht so: Treffen sich eine Orange und ein Hund. Sagt die Orange: «Wir können ja einen Baum abknutschen.» Nick erzählte ihn während des Mittagessens, lachte sich in eine Art Schwächeanfall und kippte schließlich vom Stuhl.

Niemand ist mehr sicher vor seinen Witzattacken. «Treffen sich eine Drei und ein Schuh in der Wüste. Sagt der Schuh: Komm, wir machen Pimmelkarate.» Es ist uns schleierhaft, woher er seine Pointen bezieht, wir wissen nicht, ob es nicht doch geheimnisvolle Zusammenhänge gibt, die wir nur einfach nicht erkennen.

Eigentlich, Leute, fühle ich mich wieder genau wie damals, als mein Vater das Feuerzeug über meinen Kopf hielt.

Rhizostoma pulmo

Vor diesem Urlaub war ich lange nicht mehr am Strand, denn irgendwie nervt Strand auch ganz gewaltig. Überall klebt Sand, man kann sich seine Nachbarn nicht aussuchen, muss kilometerweit laufen, das Wasser ist zu kalt, und es schwimmt Abfall drin. Immer ist es zu windig für Federball, und die Preise für Eis an der Strandbude erweisen sich als noch verbrecherischer als die für ein Madonna-Konzert. Und dann, wie gesagt, dauernd dieser doofe Sand: in den Ohren, im Essen, in der Badehose. Trotzdem wollte Sara unbedingt an den Strand, den Sand dort fände sie gerade gut, und ich könne ja auf dem Parkplatz warten, der sei asphaltiert und keinerlei Gefahr für meine Ohren, mein Essen und meine Badehose. Sie hatte romantische Kindheitserinnerungen an Strandurlaube, und die wollte sie auffrischen. Wir fuhren also vom diesjährigen Ferienhaus knapp achtzig Kilometer weit nach Westen, um zwischen Italienern und Italienern in Ausbildung einen Strandtag zu absolvieren. Carla und Nick saßen hinten. Unser Sohn unterhielt uns mit der ausführlichen Interpretation seines neuen Lieblingsliedes: «Finger im Po, Mexiko.» Ein Land, das solche Schlager hat, braucht keine Atomwaffen.

Während Nick sang, Carla sich darüber beschwerte

und Sara mit ihrem Vater telefonierte, erinnerte ich mich an meine Kindheit und wie wichtig damals der Strand für uns war. Wir fuhren vor über dreißig Jahren gern nach Sylt, mieteten dort ein Haus mit Reetdach und pilgerten jeden Tag über endlose und ölig riechende Holzwege über die Düne an den breiten Strand, aus dem bunte Körbe wie Pilze zu wachsen schienen. Wenn wir einen gekapert hatten, bauten wir sofort einen antiimperialistischen Schutzwall und verzierten diesen mit Muscheln. Was man halt als deutsches Kind so am Strand macht. Als dann eine Quallenplage aufkam, veranstalteten wir mit anderen Kindern eine Quallenschlacht und bewarfen uns gegenseitig mit den handtellergroßen Dingern. Ein richtiger Krieg war das. Was man halt als deutsches Kind im Urlaub so macht.

Die Warnungen vor Feuerquallen nahmen wir nicht recht ernst, wir hielten die Feuerqualle als solche für eine Ausgeburt bizarrer Erwachsenenpädagogik, vergleichbar mit Knecht Ruprecht oder dem Schneider mit der langen Schere, der dem daumenlutschenden Konrad angeblich ebenjenen Finger abgeschnitten hat, und dies auch noch mit ausdrücklicher Billigung durch die Frau Mama. Jedenfalls fuhren wir noch am selben Tag ins Krankenhaus, wegen der einen Meduse, die mein Bruder besser nicht angefasst hätte. Aber er konnte ja nicht hören. Es waren aufregende wundervolle Ferien damals auf Sylt.

An italienischen Stränden sollte es in diesem Jahr haufenweise Quallen der unangenehmen Sorte *Rhizostoma pulmo* geben, genau genommen exakt dort, wo wir unseren Badetag abhalten wollten. Dies hatte ich vormittags im Internet recherchiert, aber es half mir nicht, denn

Sara fand, dass man dann eben nicht ins Meer könne und dafür mehr vom Strand habe. Carla erklärte, dass sie eine Quallenplage jederzeit jener durch ihren kleinen Bruder vorzöge, und dieser rief, dass er Quallen geil fände. Aber seine Meinung zählt nicht, er findet auch «Finger im Po, Mexiko» geil.

Am Strand angekommen, schärften wir den Kindern ein, unter keinen Umständen ins Wasser zu gehen, und suchten uns einen ganz besonders sauberen Abschnitt aus, an welchem dann ausschließlich blendend aussehende Männer mit engen Badehosen herumlagen. Der Spartakus-Reiseführer für blendend aussehende Männer mit engen Badehosen empfiehlt diesen Strand sehr ausgiebig. Für mich hatte er den Vorteil, dass keine Wespen nach Picknickresten suchten und niemand meine Frau anbaggerte.

An diesem Strand bei Viareggio verbrachte ich nun einen wunderbaren Strandtag. Genau genommen war es aber eigentlich nur eine wunderbare Strandstunde. Ich holte den Kindern nämlich ein Eis, und auf dem Rückweg war der Sand so irre heiß, dass die Fußsohlen schmerzten. Also ging ich durch das knöcheltiefe und angenehm kühle Wasser.

Wenn Sie Bekanntschaft mit einer Qualle gemacht haben, müssen Sie die Stellen mit Salzwasser abwaschen, auf keinen Fall mit Süßwasser, denn dabei platzen die auf der Haut verbliebenen Nesseln, und alles wird nur noch viel schlimmer. Das können Sie mir glauben.

Ich mache jetzt Schwedenkrimis

Als Autor ist man ständig auf der Suche nach neuen Themen. Man möchte ja gelesen werden. In diesem Zusammenhang muss man übrigens feststellen, dass nur eine Hälfte der Weltbevölkerung brav liest, nämlich die Frauen. Männer lesen meistens bloß Sachbücher über Erdwärme, Kataloge und Bedienungsanleitungen. Frauen hingegen lesen leidenschaftlich und viel. Man sollte prinzipiell nur für Frauen schreiben. Stellt sich bloß die Frage: Was? Die Antwort ist ganz einfach, wenn man Frauen beobachtet: Die mögen am liebsten Serienmörder-Krimis aus der amerikanischen Pathologie-Szene – oder aus Skandinavien. Bei letzteren ist ihnen die Handlung egal, solange die Geschichte in Schweden spielt und die Männer dicke Pullover und Gummistiefel tragen.

Zurzeit liest Sara ein Buch mit dem bemerkenswerten Titel «Der Mann, der starb wie ein Lachs». Da merkt man gleich: Aha, der starb bestimmt in Skandinavien. Hieße das Buch «Der Mann, der starb wie ein Luchs», würde es vermutlich in den Karpaten spielen, und schon wäre Sara das Schicksal des armen Mannes piepegal, selbst wenn der Rest des Buches genau derselbe wäre. Jedenfalls habe ich mir überlegt, ab sofort auch Schwedenkrimis zu verfassen. Ich nenne mich Dag

Svedson, und mein mittelalter Kommissar heißt Per Rundkrag.

Dieser Rundkrag muss strafversetzt in einem Provinznest in Lappland Dienst schieben. Zu Beginn des ersten Rundkrag-Krimis mit dem Titel «Der kürzeste Tag» bekommen alle den Blues, weil die Polarnacht beginnt. Rundkrag kaut ununterbrochen Lakritz, um sich das Rauchen abzugewöhnen, und hat davon Sodbrennen und braune Zähne, was es seiner Assistentin Ingaborg leichtmacht, seine unbeholfenen Annäherungsversuche abzuweisen. So. Man kaut Lakritz und flirtet sich übellaunig durch die ersten dreihundert Seiten des Romans, bis eines Tages endlich der von der Leserin inzwischen dringend herbeigesehnte Tod nach Malmberget kommt und der harmlose, von allen geliebte Postbote Gammal mit einem riesigen Angelhaken im Mund vor der Musikschule liegt. Die Briefe aus seiner Briefträgertasche sind um ihn herum angeordnet wie das Symbol auf der samischen Flagge. Hm! So etwas haben wir hier im melancholischen, aber friedlichen Malmberget noch nie erlebt! Nur die steinalte Tante Ebba besteht darauf, dass genau so eine Leiche vor siebzig Jahren schon einmal vor derselben Schule lag, aber sie wird von ihrem Sohn, dem Akkordeonlehrer Lyder, umgehend ins Heim abgeschoben und taucht erst vierhundert Seiten später zu ihrer eigenen Beerdigung wieder im Roman auf.

Dennoch hat irgendetwas die eingerosteten Instinkte von Kommissar Rundkrag zum Leben erweckt. Bevor dieser jedoch ermittlungsmäßig richtig in Fahrt kommt, muss er noch hundertachtzig Seiten lang Dillhappen aus dem Glas stochern und traurige Lieder in seinem dunklen Wohnzimmer anhören, damit wir ein Gefühl für den schwedischen Winter bekommen.

Dann geht es Schlag auf Schlag: Innerhalb von nur vierzig Seiten geschehen sechs weitere grauenvolle Morde mit samischen Symbolen und riesigen Angelhaken, und Rundkrag ist sicher: Es handelt sich um Serienmorde. Vermutlich verübt von einem Serienmörder, vielleicht einem alten Faschisten, der die Schuld auf separatistische Samen abwälzen möchte. Jeder ist also verdächtig in Malmberget.

Dann passiert erst einmal nichts, bis der Zufall eingreift und Rundkrag dankenswerterweise darauf aufmerksam macht, dass der Akkordeonlehrer für sein Leben gerne angelt und niemanden mag, der besser Akkordeon spielen kann als er. Und wer war Quetschkommoden-Bezirksmeister? Gammal, der Briefträger. Die anderen Opfer waren sämtlich Mitglieder des Akkordeon-Vereins von Malmberget, welcher auf jeder Beerdigung traurige Lieder spielt, aber von Begräbnis zu Begräbnis immer spärlicher besetzt ist.

Es folgt ein irrwitziger Showdown am Tag der Wintersonnenwende – daher der Titel des Buches –, und der mörderische Lehrer fällt in einen samischen Speer im Naturkundemuseum. Kommissar Rundkrag hat den Fall gelöst und nimmt sich vor, weniger Lakritz zu naschen, wegen Ingaborg. Ob sie sich kriegen, erfahren die geneigten Leserinnen aber nicht. Dafür müssen sie sich die Fortsetzung kaufen: «Ein Köttbullar für Rundkrag.» Geben Sie's zu, liebe Damen, das wollen Sie unbedingt lesen, oder?

Angenehme Irrtümer

Manchmal genieße ich das wohlige Gefühl, mich getäuscht zu haben. Neulich zum Beispiel schob ich Sohn und Einkaufswagen durch den Supermarkt. Ich suchte einen ganz bestimmten Pudding, den Nick unbedingt mal ausprobieren wollte. Er möchte alles, was neu ist, besonders wenn es mit *Spongebob* zu tun hat oder nachts leuchtet. Von diesem Pudding behauptete er, dass beides auf ihn zuträfe, er habe dies im Fernsehen gesehen.

Also fahndete ich nach leuchtendem Schwammkopf-Pudding, und die Etiketten anderer Produkte flogen an mir vorbei. Dabei las ich unkonzentriert, was darauf stand. Ich passierte eine Packung Frischkäse, und erst vier Meter weiter bemerkte ich den Wahnsinn, den ich soeben gelesen hatte: «Jetzt mit Cäsium!» Ungeheuerlich ist das, schoss es mir durch den Kopf. Cäsium in Lebensmitteln. Und damit geben die auch noch an. Das ist ja, als würden chinesische Milchhersteller auf ihre Produkte schreiben: «Jetzt mit Melamin.» Ja, ich regte mich richtig auf über diese Cäsium-Schweine. Als ich schon fast an der Kasse stand, kehrte ich nochmal um, weil ich es gar nicht fassen konnte. Ich fuhr zurück zum Frischkäse und musste feststellen, dass darauf etwas ganz anderes stand, nämlich: «Jetzt mit Calcium.» Die ganze Aufregung vollkommen umsonst. Diese Gewissheit erzeugte einen unglaublich angenehmen Schauer in mir. Es gefiel mir, dass ich mich verlesen hatte, denn jetzt war meine Welt wieder in Ordnung, sogar ordentlicher als vorher, abgesehen davon, dass Nick inzwischen seine Aufmerksamkeit auf einen flammneuen Blasentee gelenkt hatte.

Jedenfalls mag ich es, wenn sich kurz oder lange in mir aufbewahrte Irrtümer in nichts als Wohlgefallen auflösen. Ich liebe den befreienden Moment der Erkenntnis.

Bis weit ins Erwachsenenalter glaubte ich zum Beispiel fest daran, dass Kapern kleine Tiere seien, die im Meer lebten und dort von den Kapernfischern mit einem großen Netz herausgezogen wurden. Ihr salziger Geschmack und der Verkauf in kleinen teuren Gläschen stützten diese These. Obwohl Kapern keine Beine, Flossen oder Augen besitzen, war ich von ihrer tierischen Herkunft so lange überzeugt, bis Sara eines Tages lapidar bemerkte, Kapern seien eingelegte Blütenknospen und wüchsen an Sträuchern, unter anderem im Garten ihrer Oma. Und schon brach ein winziger Teil meiner Weltsicht zusammen, was mir in diesem Falle nichts ausmacht, denn Kapern sind für meine Weltsicht nicht so entscheidend. Das ist ja das Schöne an derartigen Irrtümern.

Von schon erheblicherer Bedeutung war für mich die Erkenntnis, dass ich jahrzehntelang Nachname und Nachnahme miteinander verwechselt habe. Ich war immer davon überzeugt, dass eine per Nachnahme verschickte Sendung nur von demjenigen angenommen werden könnte, dessen Nachname auf dem Paket steht. Und nur der mit dem richtigen Nachnamen hätte dann auch dafür zu bezahlen. Empfängern mit anderen Nachnamen hingegen würde die Fracht gar nicht erst ausgehändigt. Ich bestellte daher nie etwas per Nachnahme. Eines Tages während einer Bahnfahrt wurde mir ohne jeden Anlass plötzlich klar, dass eigentlich jede Postsendung per Nachname geschickt wird, aber noch lange nicht jede per Nachnahme. Ich lachte fast die ganze Strecke zwischen Würzburg und Köln, und dafür hatte sich das jahrelange Missverständnis schon gelohnt.

Meistens ist es aber wie im Supermarkt, die Irrtümer halten nicht lange vor. Vor einiger Zeit dachte ich nur zwei Tage lang, Alfred Biolek wohne in Frankfurt und seine Wohnung sei dort im öffentlichen Straßenverkehr gut ausgeschildert, nämlich auf der Adickesallee. Ich fuhr im Taxi über nämliche Straße, als ich auf einem großen gelben Wegweiserschild unter einem Rechtsabbiegepfeil las: «Dr. Biolek». Das fand ich enorm. Ich habe über Prominente schon allerhand Absurdes gehört, aber dass sich einer derart exponiert, dass er meint, der Menschheit mitteilen zu müssen, dass es rechts zu ihm nach Hause geht, das fand ich schon sehr abgefahren. Am nächsten Tag kam ich noch einmal an derselben Stelle vorbei. Worte können nicht beschreiben, wie glücklich ich war, als da plötzlich etwas ganz anderes stand, und zwar: «Dt. Bibliothek». Der brave Biolek hatte gar nichts gemacht. Er war ganz unschuldig, und das beruhigte mich sehr.

Schlafbesuch

Die TV-Serie «24» bereichert den Zuschauer um Sätze, welche dieser wunderbar im Alltag einsetzen kann. Zum Beispiel diesen hier: «Ich kann gerade nicht, ich muss noch Suchparameter entwickeln.» Wenn mich Sara das nächste Mal um etwas bittet, werde ich das sagen. Oder ich sage: «Du. Ich muss noch eine Brühgruppe reinigen.» Dieser Satz stammt nicht aus «24», sondern aus der Bedienungsanleitung meiner Kaffeemaschine. Oder: «Ich muss noch meine Trense einfetten.» Dabei reite ich gar nicht. Jedenfalls mag ich Ausreden. Wenn Sie nicht am Samstagabend kleine Fleischbrocken von einem heißen Stein fummeln wollen, sagen Sie nächstes Mal eine entsprechende Einladung mit der Begründung ab, Sie hätten zu Hause vierzehn Zahnkärpflinge abzurichten.

Als Frau Engelhardt am Samstag fragte, ob ihr Leander bei unserem Nick übernachten dürfe, hätte ich so einen Satz benötigt. Ich hätte sagen sollen: «Wir haben leider heute unseren Orden zu Gast, beten nachts einen blutrünstigen Gott an und bringen ihm kleine Tieropfer dar.» Stattdessen sagte ich: «Natürlich. Gerne.»

Gegen 19.00 Uhr brachte Frau Engelhardt ihren Sohn vorbei. Ich fragte nach den wichtigsten Regeln, Fernsehen zum Beispiel. Das sei im Prinzip kein Problem, sagte Frau Engelhardt, aber Leander hätte schnell Angst.

«Okay», sagte ich. «Dann *Nils Holgersson.*»

«Um Himmels willen! Nein!», rief Frau Engelhardt. Rasend vor Furcht, geradezu traumatisiert sei ihr Leander, wenn er *Nils Holgersson* sähe.

«Warum das denn?», fragte ich.

«Er hat Angst, dass Nils Holgersson im Flug von der Gans fällt.»

«Aha. Allergien? Frühstücksvorlieben? Einschlafrituale?»

Alles sei ganz easy mit Leander, sagte Frau Engelhardt und fügte hinzu, dass sie mit ihrem Mann in die Oper ginge. Die Vorstellung dauere lang, und das Handy bliebe aus. Damit entwich sie und sprang zu ihrem Mann ins Auto. Ich brachte Leander ins Wohnzimmer, wo er schon sehnsüchtig von Nick erwartet wurde. Es gab *Spongebob.* Ich ging in die Küche und machte den beiden was zu essen. Nach einer Minute hörte ich Leander weinen.

«Was ist denn los?», fragte ich.

«Der Gelbe hat dem Rosanen mit der Pfanne auf den Kopf gehauen.»

«Das war doch nur Spaß», sagte ich. Ich halte die Sendung nicht für besonders roh. Doch Leander weinte. Ich schaltete um, doch er weinte bei Heidi (der große Hund) und auch beim Sandmännchen (vermutlich der Bart). Er weinte über dem Käsebrot, denn da waren so kleine Löcher drin. Die Teewurst war ihm zu rosa, der Apfelsaft zu trüb, der Joghurt irgendwie komisch. Ich fand Leander auch irgendwie komisch. Aber er tat mir leid, also kochte ich ihm Milchreis, das ist ein gutes Trostessen. Leander mochte keinen Milchreis. Er mochte gar nichts. Nick hatte sich bereits damit abgefunden und sich zum Spielen in sein Zimmer verzogen. Und ich hockte mit dem verzweifelt zitternden Leander-Häuflein in der Küche.

Ob er nach Hause wolle? Nein. Schluchzen. Ins Bett? Nein. Schluchzen. Wir riefen seine Mama an, aber ihr Handy war aus. Leander weinte lauter. Ob er Schokolade möge? Lautes Weinen mit leisem Kreischen. Ob er denn eventuell gern eine Backpfeife haben wolle? Das war nur Spaß. Aber komischerweise hörte Leander auf zu weinen und sah mich über die Maßen verwundert an.

Ich weiß nicht, was in seinem kleinen Kopf vor sich ging, aber Leander hat an diesem Abend nicht mehr geweint. Er spielte mit Nick bis nach zehn. Danach hörten sie eine CD an und schliefen darüber ein. Zum Frühstück aß er ein Brot mit dem kleinlöchrigen Käse und etwas vom komischen Joghurt, dann holte ihn seine Mutter ab. Ob alles gut geklappt hätte, fragte sie, und ich antwortete, es sei alles top gewesen. So ein mutiger kleiner Kerl sei der Leander. Sie sah mich an, als glaubte sie mir nicht. Dann sagte sie, man könne das Experiment ja am nächsten Wochenende wiederholen, da müsse sie mit ihrem Mann nach Luzern. Ich schüttelte den Kopf und sagte: «Geht nicht. Leider. Da sind wir alle auf einem Volkshochschul-Workshop. Spaghetti-Makramee.» Da hätte ich auch früher draufkommen können.

Mareikes neuer Trip

Mareike heißt jetzt Loo-Na-A und kocht nach Blutgruppen. Sie ist eine alte Freundin meiner Frau, wackelt dauernd mit dem Kopf und klimpert mit ihren Armreifen hin und her, was mir das Gemüt binnen weniger Minuten verharzt. Sara und ich haben schon öfter gestritten wegen ihr. Dann nannte Sara mich intolerant, humorlos und keine Spur offen. Im Gegensatz zu Mareike, die hat schon alles ausprobiert: Kabbala, Schaman- und unzählige weitere -ismen, Mondgesang, Mönchsgesang, Rosenkreuzertum, Heilbeten, Heilfasten, Heiltanzen, dazu nahezu jedes weitere gestalterische Hobby vom Blumenpressen bis zum Vaginalorgelspiel. Jedenfalls lud sie uns zu einem Blutgruppenmenü ein.

Einige Tage vor unserer Verabredung rief sie an und fragte nach meiner Blutgruppe. Die wusste ich natürlich nicht auswendig und sagte: «Meine Blutgruppe ist 75c, und mein Sternzeichen ist Ente süßsauer.» Sie reagierte überhaupt nicht darauf, rief «Du hast eine tolle Energie» und legte auf. Sara verpflichtete mich dazu, Loo-Na-A nicht zu hänseln. Das sei eine gute Lektion in Toleranz.

Letzten Samstag klingelten wir pünktlich, und Loo-Na-A öffnete in irgendwas, das wie eine Kreuzung aus einem Beduinenzelt und einem IKEA-Teppich aussah. Dahinter stand ihr Gatte Günther, ein freundlicher stiller Mann, von Beruf Proktologe. Menschen wie er haben es buchstäblich den ganzen Tag mit Arschlöchern zu tun. Wenn er abends, nachdem er drei Dutzend Hämorrhoiden verödet hat, nach Hause kommt, muss er sich stundenlang den Mondphasenquark seiner Frau anhören. Ich bewundere ihn in jeder Beziehung. Loo-Na-A stellte meinen mitgebrachten Rotwein auf ein Blatt Papier, auf welchem Kreise aufgemalt waren. «Was soll das denn?», fragte Sara ängstlich.

Es handele sich um ein Mandala, mit welchem man böse Energie aus den Lebensmitteln vertreiben könne, antwortete Loo-Na-A nachsichtig. Durch die Warenscanner im Geschäft gelangten negative Strahlen in die Sachen, welche jedoch auf diese Weise wieder entzogen würden. «Und wo ziehen die dann hin?», fragte ich. «In den Kosmos», sagte Loo-Na-A. Günther zuckte die Schultern und lächelte.

Jedes Mal, wenn Loo-Na-A an diesem Abend einen Schluck Wein trank, benahm sie sich wie Ewan McGregor in dem Film «Trainspotting», nachdem er sich Heroin in den Arm gespritzt hat: Sie schloss die Augen und ließ sich in ihrem raschelnden Zelt nach hinten fallen. Dann beteiligte sie sich wieder am Gespräch, indem sie Sara auf deren angeblich stärker gewordene Nasolabialfalte ansprach und sich Sorgen um die Ohrläppchen meiner Frau machte: «Schätzchen, mit dir stimmt was nicht», sagte sie kummervoll und unterzog Sara einer Anamnese. Günther lächelte. Ich trank.

Schließlich gab Loo-Na-A den Befund bekannt: Sara sei emotional blockiert, das habe mit dem Altern zu tun. Und mit ihrem Wurzelchakra sei etwas nicht in Ordnung.

«Meinem Wurzelchakra geht's ausgezeichnet», sagte Sara.

«Das weißt du gar nicht», behauptete Loo-Na-A mit milder Strenge.

Loo-Na-A servierte dann einen unaussprechlichen Pudding, der nach Torf schmeckte und dessen Rezept sie aus einem indischen Kochbuch habe, wie sie erläuterte. Leider habe sie die dort verwendeten Schriftzeichen nicht lesen können und sich einfach ganz von ihrem Gefühl leiten lassen, toll, was? Dann erzählte Loo-Na-A was vom zwölfblättrigen Lotus und dass Sara sich auch in sexueller Hinsicht endlich befreien müsse, davon würden auch die Falten an den Augen weggehen und die auf den Händen. Das hinge alles miteinander zusammen. Sie mutmaßte, dass meine Frau sicher Käsefüße habe, oder? Keine Käsefüße? Na ja, das komme dann aber bald.

Sara bedankte sich herzlich und drängte zum Aufbruch, die Kinder, der Babysitter, tja, leider. Auf dem Weg zum Auto sagte sie: «Die hat's nötig. Trägt Zelte, kocht Torf, redet nur Quatsch. Aber ich habe Probleme mit meinem Wurzelchakra.»

Ich wies sie darauf hin, dass ich sie gerade humorlos, intolerant und gar nicht offen fände. Sara sah mich mit einem Blick an, mit dem man Tresore öffnen kann. Ich habe dann lieber nichts mehr gesagt. Mit Frauen, deren Wurzelchakra nicht funktioniert, ist nicht zu spaßen.

Der Nikolaus ist da!

Höchstwahrscheinlich war das Saras Idee. Bestimmt hat sie mich vorgeschlagen, den Nikolaus im Kindergarten zu machen. Kann mir genau vorstellen, wie das gelaufen ist. Die rauen Frauen, mit denen sie dort einmal pro Monat zusammensitzt, um zu erörtern, wo bei den Kindern die Grenze zwischen «lebhaft» und «asozial» verläuft, diskutierten wahrscheinlich darüber, wer von den männlichen Erziehungsberechtigten als Bischof am besten geeignet wäre. Und meine zauberhafte Frau hat dann gesagt: «Das kann ruhig mal mein Mann machen, der macht ja sonst nix. Und außerdem muss ich immer diesen Kindergartenkäse mitmachen, und er drückt sich davor, weil er insgeheim Angst vor euch hat.» Gut, den letzten Satz wird sie nicht gesagt, aber gedacht haben. Und damit hat sie nicht ganz unrecht.

Sie kam nach Hause, und ich fragte: «Na, wie war es in der Neigungsgruppe Männerhass?» Sie antwortete: «Gut, wir haben einstimmig beschlossen, dass du dieses Jahr der Nikolaus bist.»

«Was heißt einstimmig? Ich bin dagegen!»

«Aber du warst nicht da.»

«Barack Obama war auch nicht da. Müsste der das jetzt machen, wenn ihr ihn gewählt hättet?»

«Das Kostüm gibt es im Büro. Du musst es mittags abholen und dann pünktlich um 17.00 Uhr ans Fenster klopfen. Der Sack mit den Geschenken steht neben der Papiertonne. Und das Buch auch.» Das kannte ich schon: Die Eltern beklebten je eine Seite in dem großen Buch mit einer Art Zeugnis für ihr Kind. Meistens stand drin, dass der Korbi sein Zimmer schon ganz toll aufräume, jedoch bitte schön den Kopf seiner kleinen Schwester zukünftig nicht mehr im Klosett untertauchen möge. Als Nikolaus hatte ich dies mahnend vorzutragen und dann dem zauberhaften Korbi das für ihn vorgesehene Geschenk zu überreichen. Die Päckchen im Sack waren mit Namensschildern versehen. In Nicks Gruppe gab es sechzehn Kinder.

Um halb fünf zog ich mich um. Griechische Bischofsmontur, total stilecht. Allerdings roch der Bart ziemlich streng. Der Hund erkannte mich nicht und biss bellend in mein Gewand. Ich nahm dies als Kompliment für meine Verkleidungskunst, die ich mit einer ausrangierten Brille krönte. Die Gläser waren viel zu schwach. Dann setzte ich mich ins Auto. Ich parkte hinter dem Kindergarten, holte mir Sack und Buch und klopfte mit dem Bischofsstab ans Fenster. Ich rief: «Ho! Ho! Hooo!» Eine Kindergärtnerin öffnete das Fenster und rief verzückt nach hinten: «Nun guckt mal, wer da ist!» Und zu mir sagte sie leise: «Bitte nicht Ho-ho-hoo. Das ist Amischeiße. Wir sagen: ‹Hallo, Kinder, lasst mich ein, ich will so gerne bei euch sein.› Okay?» Dann öffnete sie die Tür, ich kam hineingestolpert (der Umhang, die Tür, der Sack) und rief: «Hallo. Lasst mich rein, Kinder, lasst mich rein, damit ich bei euch sein kann.»

«Das reimt sich gar nicht», rief ein kleiner Klugscheißer, den ich rasch als die Pest aus dem Haus gegenüber identifizierte. Seine Eltern waren genauso schlimm wie er, bloß älter. Und hässlicher.

Ich setzte mich auf einen kleinen Stuhl. Mir war warm. Ich wollte nach Hause. Nachdem ich dreimal tief geatmet hatte, machte ich mir ein Bild von meinem Publikum. Sechzehn Kinder, vier Erzieherinnen. Der Duft von Früchtetee. Mein Sohn Nick saß in der ersten Reihe und hatte vor Aufregung knallrote Wangen, soweit ich das mit der alten Brille erkennen konnte. Ich wollte gerade anfangen mit dem Buch, als die kleine Claire anfing zu weinen.

«Was'n los?», fragte ich. «Ich habe doch noch gar nicht angefangen!?»

«Du bist so gruselig», rief Claire, und das tat mir leid. Und außerdem stimmte es gar nicht. Ich glaube eher, da stimmt was in der Familie nicht. Da muss man mal mit dem Jugendamt hin. Meine Meinung. Egal.

«Das wird alles nicht so schlimm», sagte ich in väterlichem Ton. Ich hob das Buch hoch, schlug es auf und brummte: «Na, woooo ist denn der kleine Finn?» Der kleine Finn hob die Hand, und ich brummte weiter: «Soosoo, du bist der Finn.»

«Nein, ich bin der Konstantin, und ich muss aufs Klo.»

Ich winkte mit meinem Bischofsstab und sagte: «Dann geh mal, mein lieber junger Freund.»

Ich blätterte in dem großen Buch, in dem alle Eltern kurze Erziehungshinweise zum Wohle ihrer Kinder eingetragen hatten. Himmel, war das warm hier. Durst! Und der Schweiß rann in den Bart, welcher kunstvoll mit der Bischofsmütze verbunden war. Er fühlte sich an wie ein zweihundert Grad heißer feuchter Flokati. Ekelhaft.

«Dann wollen wir mal sehen», brummte ich nikolausig. «Wer von euch ist denn nun der Finn?»

Ein kleiner blonder Bursche hob die Hand. «Eine Frage», sagte Finn.

«Schieß los», sagte ich jovial.

«Wo ist eigentlich dein Krampus?»

Der Krampus ist eine Art höllisches Zottelwesen und gehört zum süddeutschen Nikolaus-Brauchtum. Er sieht aus wie die Morlocks in dem Film «Die Zeitmaschine». Häufig taucht er im Rudel auf und soll die unartigen Kinder erschrecken. In anderen Gegenden Deutschlands gibt es den Knecht Ruprecht. Er verhält sich zum Nikolaus in etwa wie Dirk Niebel zu Guido Westerwelle.

«Ich brauche keinen Krampus», sagte ich beleidigt.

«Wenn du keinen Krampus hast, dann bist du gar nicht richtig.»

«Hast du eine Ahnung. Wenn du nicht still bist, fresse ich dich vor den Augen deiner Kumpels einfach auf. So! Haps!»

Sofort fing Claire wieder an zu heulen. Aber darauf konnte ich keine Rücksicht mehr nehmen. Zeit ist Geld. Auch ein Nikolaus muss effizient arbeiten.

«So. Finn. Hier lese ich, dass du schon ganz toll deinen Teller abräumst und gerne mit dem Hund spazieren gehst. Das ist ja schön.»

«Woher weißt du das?»

«Das steht hier.»

«Und wer hat das da reingeschrieben?»

«Ist doch egal», brummte ich.

Ich wollte die Sache nun endlich hinter mich bringen. Ich sagte: «Du musst aber auch dein Zimmer aufräumen. Okay? Nun bekommst du ein Päckchen aus dem Säckchen, und du darfst es erst öffnen, wenn ich weg bin. Ihr müsst alle warten, bis jeder eines hat.» Dazu hatte mir Sara geraten. Ansonsten würde die Aufmerksamkeit zu schnell nachlassen. Und dann kam mir eine teuflische Idee: Ich griff in den Sack, nahm ein Geschenk heraus und entfernte rasch das Namensschildchen darauf. Finn erhielt also nicht sein Päckchen, sondern irgendein Päckchen. Hähähä. Nikolausens Rache.

Ich machte weiter. Jedes Kind schimpfte ich zunächst milde und bescherte es dann mit einem Päcklein. Schließlich erhob ich mich ächzend, teilte der Truppe mit, dass ich einen schweren Bandscheibenvorfall habe, leider gesetzlich versichert sei und nun nach Hause müsse, um dort Kindersuppe zu kochen, was Claire dazu veranlasste, aufzukreischen und in den Schoß der Gruppenleiterin zu flüchten. Dann ging ich, mit dem Bischofsstab winkend. Im Hinausgehen hörte ich noch, wie der Erste rief: «Was soll ich denn mit dem Mädchenkram hier?» Dann war ich weg.

Sara holte unseren Nick eine Stunde später ab. Er war ganz zufrieden mit seinem rosa Spiegelchen, obwohl Sara ihm eigentlich eine Playmobilfigur gekauft hatte. Am nächsten Tag brachte ich Nick in den Kindergarten, und die Erzieherin bedankte sich herzlich bei mir für die wunderbare Idee, die Kinder zur Kommunikation und zum Tauschen angeleitet zu haben. Das sei pädagogisch unheimlich wertvoll gewesen, und sie habe mir diesen Weitblick gar nicht zugetraut. Mist. Jetzt muss ich jedes Jahr ran.

Invasive Neophyten

Das drüsige Springkraut und mein Sohn Nick sind sich sehr ähnlich, dachte ich heute Morgen. Dies klingt natürlich jetzt wie eine gewagte Behauptung und eine rätselhafte dazu. Zunächst muss man daher erläutern, worum es sich bei drüsigem Springkraut handelt. Es ist mir in den letzten Monaten stark aufgefallen. Ich sah es im Wald und an der Straße, überall in Deutschland. Wo man hinschaut, drüsiges Springkraut, manche Kenner sagen auch indisches oder Himalaya-Springkraut dazu. Das Zeug ist leicht giftig und breitet sich in Überschallgeschwindigkeit dort aus, wo es ihm gefällt, es schattig und feucht ist. Es wurzelt nicht tief, wird aber ganz schön groß, die Stängel sehen dann aus wie Rhabarber. Man kann praktisch nichts dagegen unternehmen, schon färbt die auch Wupperorchidee genannte Pflanze ganze Landstriche rot.

Das überaus entzückend aussehende Kraut ist ein sogenannter *invasiver Neophyt*. So bezeichnet man Pflanzen, die ursprünglich woanders wuchsen und dann vom Menschen in die heimische Flora eingeschleppt wurden. In diesem Falle gebührt dieses Verdienst einem Engländer, der das Gewächs vor über hundert Jahren aus Indien mitgebracht hat. Und nun steht es überall bei uns an den

Ufern und Straßen und verdrängt die heimischen Arten. Dies finden regionale Forstbeamte und Kleingärtner unerquicklich. Man müsse das Springkraut ausreißen, bevor es blüht, schimpfen sie. Mit Stumpf und Stiel vernichten und damit basta, denn: Man möchte hier keine invasiven indischen Einwanderer mit Drüsen, die sich explosionsartig vermehren und den Deutschen den ganzen Platz wegnehmen. So könnte man es ausdrücken, etwas verkürzt natürlich.

Und was hat das nun mit Nick zu tun, jenem blonden kleinen Jungen, den ich jeden Morgen in den Kindergarten bringe, damit er dort Sand isst und einer Bande angehört, die sich «Die Furzmaschinen» nennt? Das ist leicht erläutert: Auch Nick ist ein *invasiver Neophyt*. Er dringt nachts in unser Schlafzimmer ein, legt sich zwischen uns und drängt mich aus dem Bett. Er wurzelt flach und wächst schnell. Wenn ich aufwache, liege ich ganz am Rand, meist vollkommen verkrümmt, während Nick auf meinem Kissen schnarcht, Arme und Beine ausgebreitet wie eine Wäschespinne.

Es ist keineswegs so, dass wir sein Kommen nicht bemerken würden, im Gegenteil. Nick leidet nämlich unter dem sogenannten Nachtschreck, dem *Pavor nocturnus*. Gegen drei Uhr wacht er halb auf und heult fürchterlich. Dann hören wir ihn durchs Haus poltern. Er kommt mir vor wie Hui Buh auf Ecstasy. Am Schluss seiner Darbietung reißt er unsere Tür auf, lässt sich zwischen uns fallen und schläft weiter. Eigentlich leidet nicht er unter seiner seltsamen Angewohnheit, sondern wir. Er kann sich morgens an rein gar nichts erinnern und behauptet steif und fest, wir hätten ihn zu uns ins Bett geholt, was nicht stimmt. Lieber hätte ich einen Blumentopf mit drüsigem Springkraut neben mir, denn es heult nicht, zappelt nicht und pustet mir nicht ins Ohr.

Der Kinderarzt hat gesagt, *Pavor nocturnus* ginge vorbei und habe keine große Bedeutung. Wir sollten uns damit abfinden. Also kauften wir eine Lampe mit einem Bewegungsmelder, die ich in die Steckdose im Flur steckte, damit Nick nachts den Weg findet und nicht die Treppe runterfällt. Wenn er aus seinem Kinderzimmer kommt, soll das Teil anspringen. Aber etwas stimmt nicht mit der Leuchte. Ich glaube, sie ist immer an, leuchtet ständig und verbraucht so viel Strom wie das Oktoberfest. Nur ausgerechnet, wenn ich um die Ecke komme, geht sie aus. Sobald die Lampe mich sieht, wird sie dunkel. Hm. Ich habe das jetzt schon ein paarmal ausprobiert. Ich bin sogar ganz leise gegangen, weil sie mich ja vielleicht auch hört. Jedes Mal war sie erst an und erlosch, wenn ich mich näherte. Vorgestern begegnete ich auf einem nächtlichen Kontrollgang meinem Sohn. Ich stand also mitten im Flur im Dunkeln, als plötzlich Nicks Tür aufging und unser ängstlicher Neophyt unter grauenhaftem Geheul an mir vorbeisauste. Zack, Licht an. Kaum verschwand er in meinem Schlafzimmer, knackte es im Bewegungsmelder, die Lampe ging wieder aus und ließ mich im Finstern stehen. Barfuß und einsam. Ich fühlte mich wie eine vom drüsigen Springkraut verdrängte deutsche Sumpfblume.

So sehen Sieger aus

Wir waren in der Schweiz, Graubünden. Der Ort war hübsch, das Hotel zauberhaft, die Pisten weiß, und der Skikurs für die Kinder begann um neun Uhr morgens. Vorher wurde gefrühstückt. Mit uns am Tisch saß das uns vom Hotel zugeordnete Ehepaar Klaus und Dagmar mit ihrem vierjährigen Sohn Colin-Noel. Sie kamen aus Erkelenz, und sie kamen, um zu gewinnen. Das machte Klaus uns gleich klar. Sein Sohn sei der geborene Winner, ein Challenge-Seeker. Ein Mover. Im Kindergarten der Opinion-Leader der Igelgruppe. Colin-Noel habe bereits Buchstabierwettbewerbe sowie das Blockflöten-Vorspielen bei der Musikschule erfolgreich absolviert, zeige sich seit Jahren als unschlagbar im Sackhüpfen, und nun sei Skifahren dran, da könne man Demut lernen, es sei gut für die Koordination, der Schnee härte die Kinder ab und stärke die Abwehrkräfte. Klaus sah aus wie eine Mischung aus René Obermann und Reinhold Messner, ein effizienzorientierter Naturbursche.

Nach dem Frühstück brachen wir auf zur Skischule, einer Institution, der wir unsere Kinder seit Jahren gerne anvertrauen, weil sie davon abends so schön müde sind. Colin-Noel wollte nicht mit. Er weinte. Er mochte keinen Schnee. Klaus schon. Er liebt Schnee, unter anderem, weil dieser kostenneutral zur Verfügung gestellt werde, was heutzutage beileibe nicht selbstverständlich sei.

Wir lieferten Nick und Carla in ihren Gruppen ab, und sie mischten sich wie kleine Fische in den Schwarm. Colin-Noel setzte sich in den Schnee und brüllte. Klaus und Dagmar behaupteten, das lege sich bald, und verschwanden. Mittags fuhren wir an der Skischule vorbei, heimlich gucken, was die Kinder machen. Ehrlich gesagt fuhr ich vor allem vorbei, um heimlich zu sehen, was Colin-Noel so machte. Er saß im Schnee und schrie.

Am nächsten Tag das Gleiche. Wir schauten um elf, und Colin-Noel hockte auf der Piste, die Arme verschränkt, im Gesicht grenzenlose Verzweiflung. Wir fuhren unauffällig gegen Mittag vorbei, und Colin-Noel weinte. Wir kamen um halb drei, und er warf mit Schnee nach dem Skilehrer. Abends sagte ich zu Klaus: «Vielleicht wäre Schlittenfahren was für Colin-Noel», und er antwortete beleidigt: «Mein Sohn ist ein Naturtalent. Er ist in einer intensiven kognitiven Phase.» Mittwochs schmollte Colin-Noel kognitiv am Rande der Übungspiste, donnerstags hatte er dabei nicht einmal Skier an, freitags machte er erste zaghafte Versuche, indem er sich vom Skilehrer über die Ebene ziehen ließ.

Am Samstag ließen wir die Skischule sausen, denn die Kinder wollten unbedingt mit der Kutsche fahren. Die im Ort konkurrierenden Schlittenkutscher hießen Hans und Franz, genau wie die Brüste von Heidi Klum. Sie waren zwar miteinander, nicht aber mit Heidi Klum verwandt. Wir entschieden uns für Franz, und für diesen Tag kann ich Colin-Noels Fortschritte nicht beurteilen.

Am Abend verkündete Klaus, dass sein Sohn morgen allen zeigen werde, wo der Hammer hängt. Beim Abschlussrennen werde er von Nick kaum zu schlagen sein. Ich lachte. Nick fährt gut, meistens brettert er einfach so lange geradeaus, bis ein Hindernis kommt, dann lässt er sich fallen. Sieht spektakulär aus. Kurven kann er auch, wenn er will, hält sie aber für überbewertet. Klaus erhob sich vom Abendessen und erklärte, er müsse nun die Skier seines Sohnes wachsen. Er wolle auch die Kanten schleifen. Der Skisport sei eine Hightech-Veranstaltung. Er strich Colin-Noel über den Kopf und sang: «So sehen Sieger aus.»

Am nächsten Vormittag dann das Abschlussrennen. Nick machte sich gut, er fand alle Tore und fiel nicht hin. Mehr kann und darf man von einem Sechsjährigen auch nicht erwarten. Finde ich. Etwas später war Colin-Noel an der Reihe. Sein Vater schubste ihn aus dem Starthäuschen, und Colin-Noel rutschte die Piste abwärts, das Visier beschlagen vor lauter Aufregung. Klaus rannte wie ein Irrer hinter ihm her und brüllte: «Hopp-hopp-hopp-hopp!»

Die Siegerehrung mit der Verteilung der Skischulmedaillen filmte Klaus mit zitternder Hand, und auch ich war aufgeregter, als ich zugeben wollte. Um es abzukürzen: Nick wurde Zwölfter von sechsundzwanzig Startern. Und Colin-Noel wurde Elfter. Nächstes Mal lasse ich auch wachsen. Die kleine Krücke muss doch wohl zu schlagen sein.

Antonios neue Freundin

Antonio Marcipane war zu Besuch. Mein Schwiegervater. Meistens sitzt er am Esstisch und erzählt mir, dass ich
zu hektisch sei. Dass ich lernen müsse, morgens freundlicher zu sein, und dass ein Espresso zwanzig Sekunden
zum In-die-Tasse-Blubbern benötige und nicht kürzer.
So viel Zeit müsse sein. Manche seiner philosophischen
Handreichungen erstaunen nicht nur mich, sondern
auch seine Tochter Sara. Neulich erklärte er uns zum Beispiel beim Frühstück seine Ansichten über den Frauenbe-
darf eines Mannes: «Eine Mann braukter im Lebene nur
zwei Fraue. Ein alte, wenner junge iste undeine junge,
wenner alte iste.» Sara reagierte maßvoll bestürzt und
fragte ihren Vater, ob sie in seinen Augen alt oder jung
sei. Er antwortete nicht, kicherte nur und trank Kaffee.

Um ihn aus der Schusslinie zu nehmen, lud ich ihn
ein, mich beim Einkaufen zu begleiten. Das macht er
gerne, denn er ist ein Preisvergleichsfanatiker. Er mag es
zudem, alle Leute anzusprechen, die irgendwie interessant aussehen. Für ihn sehen alle Menschen interessant
aus. Ich stehe in der Regel daneben, Tütengriffe schnei-
den mir in die Hand, ich schaue auf den Boden oder in
den Himmel und warte. Man lernt Demut, wenn man einen italienischen Schwiegervater hat. Trotzdem habe ich

ihn gerne dabei, ich kann es nicht erklären. Wir setzten uns ins Auto.

«Makma der Dinge da an», forderte er mich auf und zeigte auf das Navigationssystem.

«Wofür? Ich weiß den Weg zum Bäcker.»

«Willi ma seh'n», insistierte er.

Ich schaltete das Navigationssystem ein, eine Landkarte wurde sichtbar. Ich stellte das Nachbardorf ein, dort befindet sich der Bäcker. Ein kleiner Pfeil kroch langsam über die Karte. Antonio war entzückt. Er entdeckte das Knöpfchen, mit dem man den Maßstab der Karte verändern kann, und zoomte in die Weltall-Ansicht, dann wieder zurück. Er erkannte Europa, Italien.

Wir fuhren zum Einkaufen. Das Navi wies uns den Weg. Ich stellte es spaßeshalber auf Italienisch ein, er zeigte sich begeistert. Diese Stimme sei charmant, ganz bestimmt handele es sich um eine wunderschöne Frau, wie man sie besonders im Süden, in Apulien, aber auch in Molise antreffen könne. Aber auch ohne diese herrliche Stimme sei so eine «Sisteme fur der Navigazione» ein «große Komfort fur elegante Leut», und als wir wieder zu Hause ankamen, erklärte er seiner Frau: «Willi aucke so eine Dingeda.» Sara und ich schenkten es ihm zu Weihnachten, obwohl Ursula dagegen war. Antonio erledige die meisten Dinge zu Fuß, er gehe täglich zum Bäcker und einmal die Woche zum Lottospielen. Eigentlich brauche er das Auto lediglich, um zum Supermarkt zu fahren und zur Reinigung und zum Friedhof. Dafür benötige nicht einmal er eine Navigationshilfe. Und wenn doch, dann säße diese neben ihm. Ich fand, sie klang beinahe schon eifersüchtig auf die Frau in dem Gerät. Muss man sich mal vorstellen.

Die ersten Tage nach Weihnachten verbrachte Antonio im Wesentlichen mit der jungen Frauenstimme in seinem Auto. Nachdem er das Gerät von innen an seine Windschutzscheibe geklebt hatte, fielen ihm plötzlich Dutzende wichtige Erledigungen ein, zu denen er seine Frau nicht unbedingt mitnehmen musste. Als ich an Neujahr mit dieser telefonierte, wirkte sie verstimmt. Am Dreikönigstag erschien sie mir wortkarg, letzte Woche ernsthaft sauer. Nein, ich könne nicht mit Antonio sprechen, der mache einen Ausflug mit Loredana. So hieß das Navi inzwischen.

Gestern kam ein Paket mit der Post, darin lagen Loredana und eine kurze Mitteilung von Antonio, dass er doch kein Navi brauche, man könne es vielleicht umtauschen gegen einen schweigsamen Heizlüfter. Ich rief an und fragte, was passiert sei. Er sei spazieren, sagte Ursula. Ohne Navi. Bei diesem habe er vorgestern auf «Home» gedrückt und sich von der Dame nach Hause leiten lassen. Diese habe ihn jedoch keineswegs in sein niederrheinisches Städtchen gelotst, sondern nach Oldenburg. Er habe dies allerdings erst hinter Münster bemerkt und Zweifel an Loredanas Aufrichtigkeit bekommen. Letztlich habe er sich deshalb von ihr getrennt. Wie es denn gekommen sei, dass Loredana den falschen Weg nach Hause gewiesen habe, fragte ich meine Schwiegermutter. Da habe irgendjemand die Heimadresse in dem Gerät verstellt, sagte sie, und ich fand, das klang nach einer Frau, die sich zu wehren weiß.

Ein Reisebericht

Konstanz ist schwer zu erreichen, es sei denn, man reist aus Zürich an. Ansonsten heißt es umsteigen und immer wieder umsteigen. Die Züge werden immer schmaler und kürzer, und wenn man ankommt, ist man geschrumpft und vergreist. Am nächsten Morgen stellt man fest, dass die Abreise Richtung Bonn noch umständlicher ist als die Anreise. Von Konstanz nach Bonn dauert es mit dem Zug unter Umständen sieben Stunden. Man kann auch nach Zürich fahren und von dort fliegen, allerdings meist nur über Berlin. Oder man nimmt die Fähre und fliegt von Friedrichshafen, muss dann jedoch in Frankfurt umsteigen.

Jedenfalls sitzt man lange im Zug und hat Zeit, sich was aufzuschreiben. Zum Beispiel diese hübsche und versprochen wahre Geschichte, die mir letzte Woche jemand erzählte. So soll es in einem öffentlich-rechtlichen Funkhaus einen Toningenieur gegeben haben, der jahrzehntelang seinen Schichtdienst verrichtete und es irgendwann naturgemäß zu einer behaglichen Routine brachte, die ihm eine so außergewöhnliche Sicherheit gab, dass er bei der Arbeit meistens die Zeitung las und nur dann und wann ausgleichend ein Reglerchen hoch- oder runterzog.

Einmal während seiner letzten Dienstjahre hatte er den Aufnahmepegel für ein klassisches Konzert zu überwachen und versah diesen Dienst in gewohnter Lässigkeit, indem er die Zeitung aufs Pult legte und den Sportteil las. Das Orchester begann sein Spiel, und es fiel ihm doch auf, dass es sich ziemlich leise anhörte, ausgesprochen leise, ungewöhnlich leise sogar. Er hob den Blick, sah die Musiker spielen und schob den Regler ganz nach oben, worauf der Pegel sichtbar ausschlug und alles in guter Lautstärke zu hören war. Dann las er weiter. Das Orchester spielte gleich darauf dasselbe kurze Stück noch einmal, allerdings etwas lauter. Um zu verhindern, dass die Aufnahme nun übersteuerte, nahm er den Aufnahmepegel etwas zurück und blätterte die Zeitung um. Dann folgte die Nummer ein weiteres Mal – leicht variiert und wiederum lauter –, und abermals fuhr er seinen Regler ein bisschen runter. Schließlich, nach einer guten Viertelstunde, tobte das Orchester, und der Tonmeister hatte seinen Schieber fast bis ganz unten gezogen. Dann war das Stück zu Ende. Er stoppte die Aufnahme und war zufrieden. Es dürfte dies die weltweit einzige Aufnahme sein, in welcher sämtliche achtzehn Wiederholungen der Themen von Maurice Ravels «Bolero» exakt gleich laut sind. Eine Meisterleistung.

Man kann also im Zug solche Geschichten aufschreiben. Oder den Zugdurchsagen lauschen. Oder die Zugdurchsagen aufschreiben und sammeln. Andere sammeln Zugmodelle, ich horte Zugdurchsagen. Meinen neuesten Schatz habe ich dieser Kollektion neulich auf der Fahrt nach Bayreuth hinzugefügt. Da funktionierte eine Tür im hinteren Wagen nicht. Der Zugbegleiter vermeldete dies im trüben Bahnsound und schloss seine

Ausführungen mit dem zauberhaften Satz: «Es tritt demnach hiermit eine Komfortminderung in Kraft.»

Es soll dies übrigens nicht die Stelle des Buches werden, in der die Bahn beschimpft wird, denn alle Schaffner, die nicht gerade Kinder mit tonnenschweren Celli an die Luft setzen, weil diese den Fahrschein zwischen ihren Noten verschlampt haben, sind sehr nett. Wirklich. Die meisten.

Das unterscheidet sie von der Kontrolleurin in der Münchner S-Bahn neulich. Diese hielt mir ihren Dienstausweis vor die Nase und grunzte: «Ticket.» Ich antwortete höflich: «Es heißt eigentlich ‹Guten Tag, Ihren Fahrschein bitte.›» Sie wiederholte: «Ticket.» Da wurde mir klar, dass sie vermutlich nur dieses eine Wort kannte. Ihr Mann und sie kommunizierten seit über zwanzig Jahren auf eine geheimnisvoll bezaubernde Weise, nämlich durch Hunderte von verschiedenen Betonungen des Wortes «Ticket». Sie gurrten es, sie spien es aus, sie flüsterten es, sie warfen es sich zu wie Kusshändchen, je nachdem, wozu sie es brauchten. Dann hatte sie einen Beruf gewählt, vielleicht den einzigen, dem ihre Kenntnis dieses einen und einzigen Wortes dienlich war, nämlich Fahrscheinkontrolleurin bei der Münchner S-Bahn. Und so sprach sie zu mir in der nur für Außenstehende wie mich eigentlichen Bedeutung des Wortes, indem sie grunzte: «Ticket.» Zwei Stationen länger, und ich hätte mich in sie verliebt.

Oh, was ist dnn das? An disr Stll ds Txts muss ich Ihnen mittiln, dass das «» in minr Tastatur lidr nicht mhr ght. s tritt somit in Komfortmindrung in Kraft. Wir bdaurn dis shr und wrdn vrsuchn, di Störung bis zur nächstn Sit zu bhbn.

Der Vader

Das ist schon der Hammer. Es knallt im All, es knallt im Meer. Vor kurzem stießen zwei Satelliten im Weltraum zusammen, wenige Tage später zwei Atom-U-Boote auf Tauchstation. In beiden Fällen war vorher angeblich nichts zu hören. Im Falle des britischen und des französischen U-Bootes finde ich gerade dies sehr bemerkenswert, denn immerhin waren beide mit atomaren Sprengkörpern bestückt, und damit sollte man hübsch vorsichtig unterwegs sein und die Öhrchen spitzen. Vielleicht haben sie im U-Boot Karneval gefeiert und die Musik zu laut gestellt. Es stellt sich auf jeden Fall die Schuldfrage, denn: Kann man mit einem U-Boot einfach so kreuz und quer durch die Ozeane eiern, oder gibt es da Vorfahrtsregeln? Und wie erklärt man das einem britischen U-Boot-Kommandanten, der vermutlich auch unter Wasser seine Linksverkehr-Schrulle austobt? Jedenfalls haben die einander nicht gehört.

Bei dem Unfall neulich im Weltall überrascht dasselbe Detail nicht, denn dort gibt es wegen Luftmangels keinen Krach, eine Tatsache, die seit Jahrzehnten im Genre des Science-Fiction-Films nicht berücksichtigt wird. Die Raumschiffe in «Krieg der Sterne» machen einen Radau wie sehr alte Lastwagen, vermutlich werden sie auch mit Dieselkraftstoff betrieben und müssen dafür an Welt-raumtankstellen anhalten. Dies wird aber im Film nie ge-zeigt, ebenso wenig wie die Verrichtung menschlicher Bedürfnisse. Außer John Travolta in «Pulp Fiction» fällt mir auf Anhieb kein Filmheld ein, der auf die Toilette geht. Dabei würde mich das bei Darth Vader brennend interessieren. Hat Darth Vader einen Hosenschlitz? Und wenn ja, mit Knöpfen oder mit Reißverschluss?

Die Unfallgegner im All stammten aus den Vereinig-ten Staaten und aus Russland, der Sputnik war nicht mehr im Dienst, und beide hinterließen nach ihrer Be-gegnung einige hundert Trümmerteile, die nun für ewig um die Erde sausen und dabei vom United States Stra-tegic Command beobachtet werden, was ich einen hüb-schen Gedanken finde. Erst schießen sie die Satelliten nach oben, damit sie ein paar Jahre lang die Erde beob-achten, dann beobachten sie deren Reste jahrhunderte-lang von der Erde aus. Derzeit werden 18 000 irdische Gegenstände im All kontrolliert. Manche sind natürlich riesig und leicht zu sehen, andere sind nur um die zehn Zentimeter klein. Auch Darth Vader irrte einmal für eine gewisse Zeit führungs- und geräuschlos im All herum, tauchte dann aber in der nächsten Folge von «Krieg der Sterne» wieder auf und röchelte sich übellaunig durchs Drehbuch. Seine wundervoll gruselige Stimme wurde im Film durch eine Lungenmaschine erzeugt.

So etwas haben wir nicht zu Hause, wohl aber einen Darth Vader. Wenn er seine Maske abnimmt, ist er blond und hübsch, aber wenn er sie aufsetzt, verwandelt er sich in einen unglaublich hinterhältigen und bösen Schergen des Imperators, der bei ihm allerdings «Impator» heißt. Er selbst nennt sich auch nicht «Darth Vader», sondern

«Der Wäider». Ich weiß noch nicht, wie lang diese Phase andauern wird, aber sie begann kurz vor Karneval mit dem Erwerb eines Darth-Vader-Kostüms inklusive Lichtschwert, Umhang, Maske und Brustpanzer. Seit Nick diese Montur besitzt, zieht er sie an. Jeden Tag. Im Kindergarten und zu Hause. Seine Stimme klingt dabei wie ein asthmatischer Roboter.

«Was ist, Vaderchen? Kommst du zum Mittagessen?»

«Gut. Ich kom-me. A-ber nur, wenn ich mein Es-sen mit dem La-ser-schwert schnei-den darf.»

«Gerne. Es gibt Gemüsesuppe. Guten Appetit.»

Nur zum Schlafen nimmt er seinen Helm ab und verwandelt sich in unseren kleinen Jungen. Dies allerdings auch nur, weil ich ihm gesagt habe, dass ich Finsterlingen aus dem Weltall nichts vorläse, denn dabei käme ich mir dumm vor. Dieses Argument überzeugte ihn.

Gestern Abend lagen wir nebeneinander in seinem Bett. Ich war mit Vorlesen fertig und wollte gerade aufstehen, da sagte er: «Du erinnerst dich doch noch an die Szene, wo Der Wäider in dem kleinen Raumschiff durchs Weltall kullert, oder?»

«Ja, natürlich», sagte ich.

«Was macht denn Der Wäider jetzt, wenn er mal aufs Klo muss?» Das sind die wirklich wichtigen Fragen für ihn. Und ich wusste keine Antwort. Es gibt keine Antworten auf solche Fragen. Nicht hier, nicht im Meer und im Weltall auch nicht.

Shock and awe

Gerade war wieder Sankt Martin. Darauf habe ich mich als Junge immer sehr gefreut. Der Sankt Martin war ein römischer Soldat zu Pferde. Er kam zum Parkplatz vor der Grundschule geritten und traf dort auf einen am Boden sitzenden Bettler, welcher einen höchst authentischen Eindruck auf mich machte. Ich war jedenfalls froh, dass der Bettler danach einen Job als Hausmeister der Grundschule bekam. Viel später begriff ich, dass er tatsächlich erst Hausmeister war und dann zusätzlich noch Bettler am Martinstag wurde und eben nicht umgekehrt. Ist ja auch egal. Der Sankt Martin zog jedenfalls ein eindrucksvolles Schwert und tat so, als bestünde sein Umhang nicht aus zwei gleich großen Teilen, die er bloß auseinanderziehen musste. Dann hieb er mit dem Schwert durch den Stoff und übergab eine Hälfte dem Bettler. Dieser erhob sich, um dem Martin zu danken, aber da hatte sich dessen Pferd bereits umgedreht und trug den Heiligen äpfelnd vom Parkplatz, worauf eine Kapelle spielte und alle Kinder das Lied vom Sankt Martin sangen.

Der Bettler lief in die Schule und gab – nun als Hausmeister – jedem Kind mit Bezugsschein eine Papiertüte. Darin befanden sich eine Mandarine, etwas Spekulatius, Bonbons, Nüsse sowie ein Weckmann. In das Männlein aus hellem Hefeteig war eine Gipspfeife eingebacken. Die zog sogar. Wir stahlen meiner Mutter eine Lord Extra, stopften den Tabak in die Weckmannpfeife und rauchten hinter den Brombeeren am Friedhof. Schmeckte erstklassig, fanden wir. Trotz dieser warmen Erinnerungen an den Hausmeister und die Gipspfeife ist mir Sankt Martin inzwischen nicht mehr besonders wichtig. Meinem Sohn Nick umso mehr.

Dies begriff ich, als er letzte Woche heulend aus dem Kindergarten kam. Seinem von Weinstottern unterbrochenen Vortrag entnahm ich, dass seine La-la-la-laterne ka-ka-ka-ka-pu-hu-hu-hutgegangen sei, als er sie seinem Kumpel Finn über die Birne habe ziehen müssen, weil dieser so do-ho-ho-ho-of gewesen sei. Um 17.00 Uhr seien Martinssingen und Martinsfeuer, und wenn er keine La-la-la-laterne habe, könne er sich auch gleich umbringen.

Ich tröstete ihn, wie man einen kleinen Jungen tröstet, nämlich mit den Worten: «Dafür hast du's dem Finn aber ordentlich gezeigt», doch mein Sohn weinte und weinte, und das kann ich gar nicht ertragen. Also schlug ich ihm vor, eine neue Laterne zu basteln.

Nun ist aber Basteln so gar nicht mein Ding. Etwa zu der Zeit meines ersten Martinsfeuers habe ich meiner Mutter einmal einen Topflappen gehäkelt, welchen sie sofort kommentarlos und vor meinen Augen in den Müll geworfen hat. Und sie war wirklich eine gute Mutter, an ihr lag es nicht. Doch jetzt hatte ich keine Zeit, meine handwerklichen Unzulänglichkeiten zu bedauern. Eine Laterne musste her. Wie ging das nochmal?

Aus Pappe vier Rahmen bauen. Rahmen quaderartig verkleben. Mit Butterbrotpapier als Fenster ausstatten. Butterbrotpapier natürlich VORHER bemalen. Mist. Nochmal. Aus Pappe einen Rahmen bauen. Butterbrotpapier bemalen. Von innen gegen den Rahmen kleben. Natürlich BEVOR man die Rahmen miteinander verklebt. Mist. Nochmal. Und den Boden nicht vergessen. Da muss ein Teelicht drauf. Dafür muss man aber oben ein Loch in der Laterne lassen, sonst kann man das Licht weder reinstellen noch auspusten geschweige denn anzünden. Mist. Nochmal. Nach dem vierten Versuch hyperventilierte Nick, schalt mich Bastelnull und ganz miserablen Papa.

Da fielen mir die Gartenfackeln ein. Stinkende Dinger, wie sie bei Sommerfesten und beim Ku-Klux-Klan Verwendung finden. Ich suchte im Schuppen, fand sie nicht, dafür aber etwas viel Besseres: den Gasbrenner. Ich zünde damit Grillkohle an und verkokele Unkraut. Das Gerät besteht aus einer Gasflasche, an der ein langer oranger Schlauch angebracht ist. Dieser mündet in einen Metallstab, an dessen Ende sich ein Brenner befindet. Man zündet eine kleine Flamme an, und immer, wenn man den Abzug betätigt, schießt fauchend eine Stichflamme von einem halben Meter Länge hervor.

Ich stellte das Ding auf eine Sackkarre, und wir gingen zum Martinszug. Zwischendurch betätigte Nick den Gasbrenner. Worte können das selige Lächeln des Kindes nicht beschreiben. Und die Gesichter der anderen Kinder und ihrer Eltern auch nicht. Ich sage nur: *Shock and awe*. Schock und Ehrfurcht. Selbst Sankt Martin war schwer beeindruckt.

Herrenkosmetik

Das war auch wieder Saras Idee, ich schwöre es. Ich hatte damit nichts zu tun, Ehrenwort. Niemals würde ich auf die Idee kommen, meinen Schwiegervater zu einer Kosmetikerin zu schleppen. Ich würde ja nicht einmal selber hingehen, denn ich mag das Gefühl des Ausgeliefertseins nicht so gerne. Sara fragte mich, warum ich dann regelmäßig ins Fußballstadion latsche, aber dort werden einem wenigstens keine Pickel ausgedrückt. Man bekommt höchstens welche, Fußball ist nicht gut für die Haut; aber das ist noch lange kein Grund, sich von redseligen älteren Damen Kamillentücher auf die Nase legen zu lassen. Ich habe ausschließlich schlechte Erinnerungen daran.

Mit sechzehn musste ich nämlich regelmäßig zu einer Kosmetikerin, die mich zunächst mit Wasserdampf bestäubte, um mir dann ohne Narkose das Gesicht zu operieren. Wenn ich mich abends im Spiegel ansah, sah ich aus wie Popeye nach einem Besuch im Bienenkorb. Besser wurde die Akne durch die Tortur nicht, nur röter. Ich wünschte mir, nur noch mit einem kompletten Kopfverband aus dem Haus zu gehen, wie «Der Unsichtbare». Nach einigen Tagen heilten die Folgen der Behandlung wieder ab, und sobald ich wieder einigermaßen normal –

also blass und vollgepickelt – aussah, musste ich erneut hin, und das ganze Drama ging von vorne los. Eitriger Vogel Jugend.

Ich trug Sara meine Einwände vor und wies zusätzlich darauf hin, dass Antonio Marcipane ein etwas alteuropäisches Rollenverständnis pflegt und Probleme mit weiblicher Autorität hat. Einmal hat er wirklich zu einer Düsseldorfer Politesse gesagt, sie möge doch bitte ihren Mann holen, damit der ihm erklärt, warum er hier nicht parken darf. Aber es war sinnlos, Sara fand eine intensive Behandlung des väterlichen Antlitzes durch eine gewisse Frau Dörper ein ideales Geschenk für Antonio. Und Saras Mutter war derselben Meinung. Sara behauptete, sie wolle den metrosexuellen Kern ihres Papis herausschälen. Also überreichte ich zitternd den Gutschein.

«Was is' dadrin, meine liebe Jung?», fragte er. «Gelde?»

Normalerweise finde ich seine Fixierung auf Bares empörend, aber heute hatte ich vollkommenes Verständnis. «Nein, ein Gutschein.»

«Ahh, eine Gutscheine fur Gelde!», witzelte er und riss den Umschlag auf, in welchem sich eine rosa Karte befand, was ihn zunächst nicht misstrauisch machte, weil Rosa auf Italiener eine grundsätzlich andere Wirkung hat als auf Deutsche. Er las sich den Inhalt der Karte durch und sah in die Runde.

«Bini brutto?», fragte er mit trauriger Stimme. Brutto ist in diesem Fall nicht das Gegenteil von netto, sondern das italienische Wort für «hässlich».

Daraufhin beruhigten ihn alle, lobten ihn für seine schöne Gestalt und machten ihm Komplimente für seinen jugendlichen Teint, sein volles Haar und seinen ausgezeichneten Klamottengeschmack.

«Wenni so ein bell'uomo bin, warumsolli dann zu die Gesickterverwandelung?»

«Damit du uns noch lange so gut erhalten bleibst», sagte Sara und schwärmte von den sanften Frauenhänden, die seine Schläfen massieren würden, von den wohlriechenden Cremes und dem angenehmen Gefühl hinterher. Man fühle sich wie neugeboren, versprach sie.

Davon ließ er sich letztlich überzeugen und kündigte an, den Gutschein so schnell wie möglich einzulösen. Sara telefonierte, um einen Termin zu machen, und den Rest des Abends verbrachte Antonio mit diversen Durchsagen, seine nun bald bei der Damenwelt ins Unermessliche steigenden Kurse betreffend. Er werde womöglich zum attraktivsten Rentner Deutschlands aufsteigen, was bei der einheimischen Konkurrenz allerdings auch nicht besonders schwer sei, «hähähä».

Man muss an dieser Stelle ein paar Sätze über die Kosmetikerin Heidi Dörper verlieren. Es handelt sich bei ihr um eine Frau, deren Stimme man noch Tage nach dem Termin im Ohr hat. Sie klingt wie eine gutgeschmierte Luftschutzsirene, und ich glaube, darin liegt ein großer Teil ihres Erfolges: Trockene Hautschuppen und andere Unreinheiten fallen einem wie von selbst aus dem Gesicht, wenn sie mit ihrer ins ultraschallig spielenden Stimme während der Behandlung beginnt, von ihrem Thailand-Urlaub zu erzählen. Ich könnte sie mir gut als Geheimwaffe gegen im Hindukusch versteckte Terroristen vorstellen. Wenn man sie vor die Höhle stellt, kann sie einfach hineinrufen: «Hallooo, Herr bin Laden! Hier ist die Frau Dörper, und ich würde Ihnen für die Ringe unter Ihren Augen Hämorrhoidensalbe empfehlen.» Sie hätte den Satz noch nicht beendet, da kröche Osama bin Laden schon um Gnade winselnd aus seinem Versteck. Aber ich schweife ab.

Antonio freute sich wider Erwarten auf den Termin bei dieser dermatologischen Stalinorgel und nahm mich mit, sozusagen als Bodyguard für den Fall, dass Frau Dörper ihn verführen oder aber durch kosmetische Trick-sereien homosexuell machen wolle. Das ist nämlich eine seiner größten Ängste, man kann nichts dagegen tun. Er föhnt sich nicht einmal die Haare mit der Begründung, davon würde man umgehend schwul.

Auf unser Klingeln öffnete Frau Dörper in einem rosa Hausanzug. Antonio sah sich zweimal um und schlüpfte in ihr Reihenhäuschen. Sie ging voran in den Keller, wo sie ihr Kosmetikstudio «Heidis Beauty World» unterhält.

Antonio zog sein Jackett aus und hängte es auf einen Haken.

«Dann nehmen Se mal Platz», kreischte die Callas der Hautpflege, und Antonio setzte sich eingeschüchtert auf die äußerste Kante der Behandlungsliege.

«Wie soll ich Sie denn behandeln, schöner Mann?», legte sie nach, und mir rutschte heraus: «Am besten leise.» Frau Dörper sah mich streng an, und ich schwieg.

«Musse wir alle makim Gesikte», sagte Antonio und meinte damit die Komplettbehandlung, die wir ihm ge-schenkt hatten.

«Mit Massage?», orgelte Frau Dörper.

«Mit alle der Drume un Dran.»

Sie forderte ihn auf, sich hinzulegen und die Augen zu schließen, und zupfte an ihm herum, riss ihm Härchen aus und betastete seine Nase, bedampfte ihn, cremte und schmirgelte und drückte und berichtete währenddessen von einer Nichte, die ein ganz unglückliches Bindegewebe habe und Cellulite, sogar im Gesicht. Schrecklich. Antonio blieb ruhig, nur seine Füße zuckten dann und wann, wenn der Schmerz zu groß wurde. Dann sägte Frau Dörper: «Etwas Musik dabei?» Ohne eine Antwort abzuwarten, legte sie eine CD ein, worauf ein merkwürdig gedehnter Singsang ihren Reihenhauskeller flutete.

«Was soll der sein? Iste keine Musica, iste dumme Zeug», empörte sich Antonio, der unter der blauen Creme aussah wie ein venezianisches Schlossgespenst.

«Dat ist zur Beruhigung, dat sind Walgesänge», unterrichtete ihn Frau Dörper.

«Singende Wale?» Er richtete sich empört auf.

«Bezahlisi, damitsi mir komplett verruckte Tiere im Ohr make? Werdi bekloppte davon.» Bemerkenswert daran fand ich zweierlei: Zum einen bezahlte er sie gar nicht, und zum Zweiten störten ihn die zaghaft singenden Wale mehr als das Geheule seiner Kosmetikerin, die ihn konsterniert ansah.

«Wolle Sie ma gute Gesange öre?», fragte er, wartete ihre Antwort nicht ab und schmetterte los. «Marina, Marina, Marina.» Rocco Granato mit Mayonnaise im Gesicht: «O mia bella mora, no non mi lasciare, non mi devi rovinare.» Immerhin: Frau Dörper war entzückt und stieg ein, wobei sie klang wie ein kaputter Föhn. Dafür erwies sie sich als überraschend textsicher: «Oh, no, no, no, no, no.»

Sie sangen dann ungefähr eine halbe Stunde, schließlich wischte sie ihm die Creme aus dem Gesicht. Er zog sein Jackett an, und wir gingen. Auf dem Heimweg betrachtete er sich im Innenspiegel seines Autos. Er fand sich picobello und kündigte an, gleich nächste Woche wieder zu Frau Dörper zu gehen. Zur Kosmetik. Und zum Singen. Ich fürchte, sie möchten irgendwann öffentlich auftreten.

O'Perry Pomada

So jung war ich noch nicht politisiert, nicht mit sechs. Ich kann mich jedenfalls kaum daran erinnern, 1973 Einsichten zur Ostpolitik geäußert zu haben, geschweige denn zum Wirken des damaligen Präsidenten Richard Nixon. Als ich sechs war, beschäftigte ich mich mit Plastiksoldaten in Weltkriegsuniform, die ich in Reih und Glied aufstellte, nach Farben sortiert: Die Deutschen waren taubenblau, die Russen grau, die Engländer sandfarben, an die Amerikaner kann ich mich nicht erinnern, oder ich besaß keine. Meine Soldaten waren einander nie feindlich gesinnt, sondern dienten gemeinsam als Opfer verheerender Naturereignisse. Sie wurden unter Kissenwürfen begraben oder von niederprasselndem Legoregen umgemäht. Meine Weltsicht war friedlich, und die Armee zerschmolz später größtenteils in einem von mir im Veilchenbeet des elterlichen Gartens veranstalteten Rasenmäherbenzinfanal. Ich war mit sechs Jahren ein politischer Tor, also immerhin Richard Nixon in dieser Hinsicht nicht unähnlich.

Umso mehr verblüffte mich ein Satz unseres Sohnes Nick, der nun sechs ist und im Kindergarten offenbar zu erstaunlichen Erkenntnissen gelangt. Er erklärte mir nämlich gestern Abend, nun werde alles gut, Barack

Obama werde Amerika besser machen, und das sei für uns alle ganz super. Genau genommen sagte er übrigens nicht «Barack Obama», sondern «O'Perry Pomada». So heißt der 44. US-Präsident bei ihm. O'Perry Pomada.

Ich war begeistert von seinem weltpolitischen Interesse und fragte ihn, was er damit meinte. Er kaute auf einem Stück Salami herum und antwortete unverständlich. Ich bat ihn, nicht mit vollem Mund zu sprechen. Darauf er: «Dann frag mich nichts, wenn ich gerade esse.» In ihm steckt auf jeden Fall schon einmal ein Bürgerrechtler.

Bevor er wieder in sein Brot beißen konnte, wiederholte ich meine Frage. Er ließ sein Essen sinken und sah mich an, wie man ein Kind ansieht. Dann sagte er: «Papa, ist doch klar: Alles ist doch total schlimm. Und jetzt ist O'Perry Pomada da und räumt in Amerika auf.»

«Aha, gut. Und wie macht der das, der Pomada?»

«Ist doch ganz einfach: Er knallt alle ab.»

«Wie? Wen knallt der ab?»

«Der Pomada schießt einfach alle um, die böse sind, und dann sind nur noch gute da.»

«Ja, das hat sein Vorgänger auch schon versucht, aber es hat nicht geklappt. Außerdem: Wer die anderen umschießt, ist selber böse.»

Das fand er langweilig. Sein Gerechtigkeitssinn macht auf mich einen ziemlich alttestamentarischen Eindruck. Wo er das wohl herhat? Von mir jedenfalls nicht. Trotzdem wollte ich das Gespräch nicht durch pädagogische Belehrungen versiegen lassen.

«Was gefällt dir denn noch am Obama?», fragte ich ihn.

«Dass er cool ist. Der ist ein Hip-Hopper, der O'Perry Pomada.»

Wir räumten ab, und dann verschwand Nick zum Zähneputzen und für ein Gespräch mit seinem Walkie-Talkie. Er kann damit seinen Kumpel Fritz von nebenan anfunken. Und manchmal auch Lastwagenfahrer. Einmal habe ich ihn bei einer sehr merkwürdigen Unterhaltung mit einem polnischen Spediteur erwischt, der irgendwie in der Nähe Pause machte und auf Nicks Frequenz landete. Jedenfalls fragte Nick wochenlang, ob wir nicht mal Ferien in Krakau machen könnten, er kenne dort jemanden.

Nach einer halben Stunde tauchte Nick noch einmal im Wohnzimmer auf, um gute Nacht zu sagen und zu überprüfen, ob wir was im Fernsehen sahen, was ihn interessierte (er interessiert sich für alles, was im Fernsehen kommt). Es lief ein Beitrag über Osama bin Laden und die spannende Frage, ob er noch lebe, wo er sich verstecke und ob man seiner überhaupt noch habhaft werden könne.

«Was hat der Mann gemacht?», fragte Nick.

«Er hat vielen Menschen sehr wehgetan», antwortete Sara, die Sache kindgerecht stark verkürzend.

«Der soll zu den Leuten gehen und sich entschuldigen», entschied Nick. Dann ging er ins Bett. Wie wundervoll wäre die Welt, wenn er sie regieren würde. Er und sein Kumpel O'Perry Pomada.

Ein Dramolett

Das ZDF plant eine Neuverflimung von Moby Dick. Da würde man ja gerne in einem Gremium Mäuschen spielen, wenn sie über die Besetzung nachdenken. Eigentlich kommt ja für den Captain Ahab reflexhaft bloß einer in Frage: Armin Mueller-Stahl. Der Mann kann ja alles spielen, wahrscheinlich könnte er sogar das Holzbein von Captain Ahab spielen. Vermutlich hat er jedoch keine Zeit. Er wird bestimmt anderswo schon gebraucht, als dynastischer Kaufmann oder als kirchlicher Würdenträger oder als alter Nazi oder so. Dann muss man eben umbesetzen.

Wie wäre es zum Beispiel mit Michael Mendl? Der hat in «Der Untergang» einen General verkörpert und in «Die Gustloff» sogar einen Kapitän. Immer, wenn in deutschen Großproduktionen Wasser eindringt oder Hacken knallen, ist Mendl zur Stelle. Auch mit schwierigen Personen der Zeitgeschichte kennt er sich aus, denn er war auch mal Willy Brandt.

Mendl wäre als Ahab die richtige Wahl, es sei denn, Robert Atzorn hat Zeit. Unser Lehrer Doktor Specht, das funkelnde Zentralgestirn am Himmel des deutschen TV-Dramoletts. Zu den unabweisbaren Vorzügen Atzorns gehört, dass er böse gucken kann und bereits neunfach als

Kapitän gedient hat, und zwar in der Serie «Der Kapitän». Außerdem stünde ihm ein Backenbart hervorragend, und das ist letztlich das Wichtigste an der Rolle. Bin mal gespannt, wie sie entscheiden.

Zukunftsprojekte beim Fernsehen sind immer aufregend, auch in der ARD, der ich gerne folgendes Exposé anbieten würde, Sendetermin Freitag um 20.15 Uhr. Los geht's: Das Gestüt von Anna Engels steht kurz vor der Insolvenz, denn ihre Pferde erkranken auf geheimnisvolle Weise immer dann, wenn sie verkauft werden sollen, und erzielen daher bei weitem nicht die Preise, die Anna sich erhofft. Bereits die Hälfte der Tiere wurde auf diese Weise günstig vom Pferdebaron Arthur Möllenhauer übernommen. Kaum in seinem Besitz, gesunden die Gäule wundersam, und er verkauft sie mit Gewinn. Das Wasser steht der hübschen Blondine bis zum Hals, hinzu kommt die Enttäuschung ihres Vaters Heinrich. Der hat ihr den Betrieb übergeben, um sich der Landschaftsmalerei zu widmen, und muss nun mit ansehen, wie sein Lebenswerk nach und nach dem einstigen Konkurrenten Möllenhauer zufällt.

Da taucht der ebenso vermögende wie verwitwete Felix Sommer auf. Er hat seine zwölfjährige Tochter Constance dabei. Diese ist seit einem Reitunfall gelähmt. Sommer hofft, dass sie auf dem Rücken eines Pferdes doch noch gesund werden kann, weil er das geträumt hat, als er alleine in seiner Hälfte des Ehebettes lag. Anna lehnt es zunächst ab, mit Constance zu arbeiten, denn ihre Zeit als Reitlehrerin und Kindertherapeutin liegt lange zurück. Doch als sie Constances Tränen sieht, erinnert sie sich an ihre eigene Kindheit, die von dem frühen Tod ihres Bruders Michael überschattet wurde, welcher eines Tages vom Pferd in einen Gebirgsbach fiel und ertrank.

Also kümmert sie sich doch um das Kind, während der Bankrott immer näher rückt. Obwohl die Sorgen größer und größer werden und sich bei Constance kein Heilungserfolg einstellt, haben der Witwer und die attraktive Pferdezüchterin Zeit, miteinander ein Picknick zu machen und sich mit Scheibletten zu füttern, während die auf einen Wallachrücken festgezurrte Constance ständig im Hintergrund vorbeireitet. Das Mädchen ist es dann, die herausfindet, warum die Tiere plötzlich erkranken, sobald sie zum Verkauf stehen: Der sinistre Stallknecht Olaf vergiftet im Auftrag von Möllenhauer die Pferde, um den Preis zu drücken.

Als Constance ihn zur Rede stellt, fährt Olaf sie im Rollstuhl zu jenem Gebirgsbach, wo schon Anna Engels' Bruder ertrank. Dabei erfährt das Mädchen, dass Olaf schon damals vor zwanzig Jahren bei Michaels Unfall seine Hände im Spiel hatte, weil er nicht ertragen konnte, dass Michael von Heinrich Engels adoptiert worden war und nicht er. Gerade in dem Moment, als Olaf das Mädchen in den Bach stürzen will, fällt ihm Felix Sommer in den Arm und gibt sich als genau dieser Michael zu erkennen, der keineswegs ertrank, sondern von einem Ehepaar gefunden und angenommen wurde.

Die Sommers ermöglichten Felix das BWL-Studium, welches ihn nun dazu befähigt, das Gestüt zu retten, nachdem Olaf von der Polizei abgeführt wurde. Der reuige Möllenhauer gibt die Pferde zurück und isst mit Vater Heinrich ein Schinkenbrot.

Felix (also Michael) und Anna Engels können beruhigt heiraten, nachdem sie geschnallt haben, dass sie nicht blutsverwandt sind. Und Constance gewinnt am Ende ein Springreitturnier. Und alles ist dufte. Top TV-Unterhaltung, oder? Und alles von Ihren Fernsehgebühren bezahlt!

Leben mit einem Pubertier

Hilfe! Hiiilfee!! Hiiilllffeeeee!!!!! Unsere Tochter mutiert zu einem Monstrum! Sie ist dabei, sich in das furchtbare, in das grässliche, in das unausstehliche Pubertier zu verwandeln. Gestern noch ein charmantes kleines Ding, nun ein Pubertier und in schon wenigen Jahren eine junge Erwachsene. Was für ein Abstieg.

Was waren das für herrliche Zeiten, als wir ungestraft Sätze sagen konnten wie diesen hier: «Auweia, die Spargelspitzen musst du aber liegen lassen, davon werden Kinder sterbenskrank. Nur Erwachsene dürfen Spargelspitzen essen. Am besten, du gibst mir deine gleich, bevor noch ein Unheil geschieht.» Carla glaubte an den Osterhasen, an das Christkind, an Äpfel, und vor allem glaubte sie mir. Das ist vorbei. Wenn ich etwas sage oder frage, und es ist ganz egal, was es ist, dann antwortet sie mit Gegenfragen.

Wir befinden uns zurzeit in der «Warum»-Phase. Warum soll ausgerechnet sie den Tisch abdecken? Warum soll sie ihr Zimmer aufräumen? Warum soll sie ihre Lateinvokabeln lernen? Warum sie, warum immer sie? Ich bin blöd genug, mit ihr zu diskutieren, und antworte: «Soll ich vielleicht deine Vokabeln lernen? Hä?»

«Wenn's dir Spaß macht.»

«Nein, macht mir keinen Spaß.»

«Siehst du, mir macht das auch keinen Spaß.»

«Es macht nun einmal im Leben nicht immer alles Spaß.» Zack, und damit bin ich in die Falle reingetappt und sage Sätze, die auch meine Eltern und deren Eltern schon gesagt haben; Sätze, die die Kluft zwischen Carla und mir vertiefen werden. Wenn das so weitergeht, ist sie nächste Woche gepierct. Davon war echt schon die Rede. Mit zehn.

Nicht mehr sehr im Gespräch hingegen bin ich, ihr früherer Berater in allen Lebenslagen. Ich werde gerade durch verschiedene Jungs ersetzt, und ich bin nicht cool. Das äußert sich vor allem darin, dass ich die Songs von «High School Musical» nicht auswendig kann und zudem Fleisch esse, was Carla das Allerletzte findet. Sie erklärte sich am Wochenende zur Vegetarierin.

Wir saßen am Esstisch, und es gab Rinderrouladen. Lecker. Carla stocherte in ihrer Portion herum und sagte: «Ich kann das nicht mit meinem Gewissen vereinbaren.» Das fand ich im Prinzip gut, riet ihr aber, den vegetarischen Teil der Mahlzeit zu würdigen und wenigstens die Gurke zu essen, die wir extra für sie in der Roulade versteckt hätten. Sie packte die Gurke aus, mümmelte darauf herum und folterte uns mit militantem Vegetarier-Halbwissen, dem zufolge wir alle an Darmverschlingung sterben müssten, weil wir nicht zum Fleischessen konstruiert seien, und dass man bloß in die Augen der Rinder, der Kälber, der Lämmer und der Stubenküken sehen müsse, um einzusehen, dass der Verzehr von deren besten Stücken nichts sei als barbarisch.

Da hat sie ja auch eigentlich recht.

Ich war auch mal Vegetarier, so mit vierzehn oder fünfzehn. Aber ich war nicht sehr konsequent, meine Gemüsephase diente eher der Abgrenzung von meinen Eltern, die mit Vorliebe Bratensülze und Blutwurst aßen, mit extra großen Brocken Fett drin. Nach dem auch später nie wiederholten Versuch des Verzehrs eines Tofuburgers überwand ich mich und probierte schließlich doch wieder einmal ein Steak, und, tja, ich kann nichts dafür, es schmeckte fabelhaft. Es ist so gemein, aber ich esse gerne Tiere. Wenn Carla das nicht möchte, ist es okay, sie soll sich aber nicht für Gemüse entscheiden, um mich zu ärgern, sondern aus ehrlicher Überzeugung. Und daran scheint es noch etwas zu hapern: Soeben erwischte ich sie in der Küche mit einer Trüffelleberwurststulle.

«Was ist denn das?», fragte ich sie. «Was meinst du wohl, woraus das gemacht wird, was du da gerade futterst?»

«Aus Trüffeln», antwortete sie. Da kann man nichts machen. Sie ist ein Pubertier. Und ihr kleiner Bruder lernt eifrig bei ihr. Nick will jetzt auch Vegetarier werden. Auf meine Frage, was er denn dann als Vegetarier in seinem Lieblingsrestaurant, in seinem kulinarischen Weihetempel, nämlich bei McDonald's, künftig bestellen wolle, antwortete er ohne das kleinste Zögern: «Ist doch wohl klar: Cheeseburger.»

Rollende Spinnen und klatschende Österreicher

Es gibt große Neuigkeiten aus der Fauna zu vermelden. Ein Wissenschaftler von der TU Berlin hat nämlich eine neue Spinne entdeckt. Rechenberg heißt der Mann, und die Spinne hat noch keinen Namen, ist aber sehr hell, groß wie ein Handteller und wohnt in der Sahara. In der Zeitung stand, dass der Herr Rechenberg die Spinne dabei beobachtete, wie sie Anlauf nahm, ihre langen Beine zu einem Rad formte und davonrollte. Er hat sie gefangen, um sie zu untersuchen, aber leider wurde sie wenig später von einem Skorpion ermordet.

Nachts ist der Forscher dann noch einmal in der Wüste losgezogen, mit Taschenlampe und Eimer. Und diesmal fand Herr Rechenberg sogar zwei dieser wunderlichen Spinnen. Eine hat er in Alkohol eingelegt, die andere wohnt nun bei ihm in Berlin und rollt durch die Wohnung, um ihm die Zeitung zu bringen.

An der Geschichte fasziniert mich zweierlei. Zum einen, dass niemand von dieser Rollspinne Notiz genommen hat, bis der Herr Rechenberg zufällig vorbeikam. Womöglich seit Jahrtausenden rollte das Spinnentier, um Aufmerksamkeit bettelnd, durch den Sand. Und nun, endlich, kam Herr Rechenberg aus Berlin vorbei. Natürlich aus Berlin, möchte man ausrufen. Egal, wo man auf der Welt den Blick hebt, um in die Ferne zu sehen, trifft man auf Berliner. So gesehen ist es beinahe ein Wunder, dass die Rollspinne nicht schon vorher entdeckt wurde, denn Herr Rechenberg ist ganz sicher nicht der erste Berliner, der mit Taschenlampe und Eimerchen durch die Wüste schnürt. Faszinierend an der ganzen Begebenheit ist zum Zweiten übrigens genau dies: das unerhört Sympathisch-Altmodische an dieser Entdeckung. Ich mag es, wenn Wissenschaftler nicht bloß im Labor oder am Rechner sitzen, sondern wirklich irgendwo hinfahren und Abenteuer in der Wüste erleben. Herr Rechenberg von der TU Berlin ist eine Art deutscher Indiana Jones. Jawohl.

Es herrscht übrigens nicht unbedingt Einigkeit darüber, dass die rollende Spinne eine völlige Neuentdeckung ist, denn sie sieht, wie die Süddeutsche Zeitung stirnrunzelnd festhielt, der *Cebrennus villosus* «verdächtig ähnlich», allerdings rollt diese nicht. Jedenfalls bisher.

Wie schön wäre es, wenn dieser und überhaupt alle anderen Zweifel beseitigt werden könnten. Ein Leben ohne jeden Zweifel wäre berauschend wie ein stehender Applaus. Apropos stehender Applaus: Auch hier gibt es einen Zweifelsfall. So las ich erst kürzlich über Luciano Pavarotti, dass jener den längsten anhaltenden Applaus aller Zeiten erhalten habe, und zwar wo? Ha! Natürlich in Berlin, allerdings nicht in der Technischen Universität fürs Rollen, sondern in der Deutschen Oper fürs Singen. Am 24. Februar 1988 soll Pavarotti dort siebenundsechzig Minuten ununterbrochen für seine Darbietung des Nemorio in Gaetano Donizettis «Liebestrank» beklatscht worden sein. Das ist sehr lang und wird ihn gefreut haben.

Kaum hatte ich dies jedoch gelesen, stolperte ich über eine Werbeanzeige für den neuen Siebener von BMW. Und dort heißt es schäumend: «Placido Domingo hat als einziger Opernsänger achtzig Minuten anhaltenden Applaus erhalten.» Was das nun mit dem neuen Siebener zu tun hat, vermag ich nicht zu ergründen, aber wenn das stimmt, muss die Geschichte des Applausrekordes neu geschrieben werden. Die Quellenlage ist nicht eindeutig, allerdings stammen die meisten Berichte über den Placido-Applaus aus Österreich, wo sich die Dauerovation 1991 zugetragen haben soll. Und wir alle wissen: In Österreich gehen die Uhren anders.

Jedenfalls liegt die Frage nahe, was wohl passieren würde, wenn Domingo und Pavarotti gleichzeitig in Berlin und Wien das Gleiche sängen: Wo würde wohl länger geklatscht? Leider muss diese Frage für immer unbeantwortet bleiben. Wenn Sie sich deswegen grämen, hier eine letztgültig geklärte: Können Bodywickel die Haut wirklich straffen? Ich las diese barmende Sentenz in der «Freundin», und da fiel mir auf, wie ungebildet ich in Kosmetik bin. Die Antwort fiel übrigens beruhigend aus: Jawoll, das funktioniert. Man soll sich Bauch oder Oberschenkel dick eincremen und sofort mit einer Frischhaltefolie umwickeln. Das sieht nicht nur geil aus, sondern fördert auch die Durchblutung.

Wenn man Glück hat, kommt ein Wissenschaftler von der TU Berlin vorbei und hält einen für eine neue Lebensform. Man wird in Alkohol eingelegt und auf einem großen Kongress in Wien präsentiert. Wenn alles dabei gut läuft, applaudieren die anwesenden Forscher für einundachtzig Minuten. Weltrekord!

Der Balken in uns

Vor einigen Tagen stolperte ich beim Studium des skandalös unverständlichen Bedienhandbuchs meines Handys über den sonderbar poetischen Begriff «Fortschrittsbalken». Das sind diese Felder auf dem Bildschirm, die einem anzeigen, wie weit zum Beispiel ein Programm heruntergeladen oder ein Lied abgespielt ist. Der Fortschrittsbalken knuspert ruckartig die leere Fläche im Feld weg, und wenn er voll ist, dann ist der Vorgang beendet. Meistens steht neben oder unter oder über dem Fortschrittsbalken eine Zahl, die anzeigt, zu wie viel Prozent die Operation vollzogen ist oder wie viel Zeit es dafür noch braucht.

«Fortschrittsbalken» ist auch so ein Wort, das es vor zwanzig Jahren noch nicht gab. Wie Klingeltoncharts oder Anruferkennung oder Twitter-Follower. Aber viel schöner. Es steckt leicht und gut gelaunt einerseits das größte Versprechen der Menschheit darin, aber auch das Gegenteil: hartes archaisches Holz, wie es schwer und fest vor unseren Köpfen und in unseren Dachstühlen lagert.

Die Welt ist voller Fortschrittsbalken. Es gibt sie in iPods, Autoarmaturen, in Küchengeräten, auf DVD-Playern, in Computern sowieso und auch in Fernsehern und auf elektrischen Zahnbürsten. In meinem Handy. Überall. Da stellt sich doch die Frage: Wenn es sie überall gibt, gibt es sie dann am Ende sogar in uns? Besitzen wir womöglich alle irgendwo einen kleinen Fortschrittsbalken? Kann es sein, dass an jedem Menschen eine gut verborgene Klappe existiert, hinter welcher man nachsehen kann, wie weit das Leben sich schon in uns vorangeknuspert hat?

Was wohl passiert, wenn wir eines Tages diese Öffnung unter der Achselhöhle entdecken? Dann sehen wir urplötzlich nicht nur, wie viel bereits vorbei ist, sondern auch, wie viel noch kommt und wie rasch der Fortschrittsbalken in uns knabbert.

Mit jedem Tag unseres Lebens ruckelt dieser Balken ein winziges Stück dem Ende entgegen. Wenn wir eine Zigarette anzünden oder Wodka Red Bull trinken, dann schiebt er ein winziges Ideechen schneller. Öffnen wir hingegen eine Flasche guten Weines, so hält der Balken kurz inne, denn gegen Genuss hat er rein nichts einzuwenden. Wenn wir uns verlieben, bleibt der Balken stehen, manchmal sogar eine ganze Weile. Und er zaudert auch, wenn der Sonnenuntergang schön ist oder das Lied, das wir gerade hören. Immer, wenn wir etwas für uns tun, tut er auch etwas für uns: Er hält an. Wenigstens kurz. Wir Menschen sagen dann: Die Zeit bleibt stehen.

Wehe jedoch, wir bekommen einen Herzinfarkt oder stoßen auf der Landstraße mit einem Milchlaster zusammen. In diesen Momenten schnellt der Balken in einem einzigen Ruck nach rechts. Unser Leben zieht an uns vorbei. Hoppi-galoppi. Bumm. Balken voll. Ende. Oder er springt zwar einen ordentlichen Schritt und bleibt stehen. Uff. Wir werden gerettet, Glück gehabt. In diesem Fall ist noch Platz im Balken, da kommt noch was.

Bei Säuglingen ist der Balken wunderbar anzuschauen. Nur ein winziges Eckchen ist auf der linken Seite zu sehen und noch fast unendlich viel Platz im Rest des Feldes. Jedenfalls bei einem gesunden Baby. Wenn etwas mit ihm nicht stimmt, öffnet man die Klappe unter dem Ärmchen und stellt fest, dass das Leben beinahe schon wieder vorbei ist. Das hat natürlich entsetzliche Folgen. Versicherungen treten von Verträgen zurück, Ärzte geben auf, Eltern verzweifeln. Nein, aus dieser Warte betrachtet, wäre so ein Fortschrittsbalken natürlich grässlich. Ich kann jedenfalls gut darauf verzichten und möchte auch bei mir selber lieber nicht nachsehen.

Und was ist mit der Erde? Der Fortschrittsbalken unseres wunderbaren kleinen Planeten befindet sich meiner Schätzung nach in der Nähe des Erdmittelpunktes, gut 5000 Kilometer von uns entfernt. Falls es Forschern gelingt, ihn zu finden, wird die Überraschung auf jeden Fall groß sein, denn entweder haben wir noch jede Menge Zeit, die Erde zu zerstören – oder wir haben es beinahe schon geschafft. Im Moment wissen wir das noch nicht.

Wahrscheinlich ist es aber möglich, bei Londoner Buchmachern darauf zu wetten.

Antonio im Wunderland

Der italienische Gastarbeiter Antonio Marcipane hat alles erreicht: Er besitzt ein Reihenendhaus, ein schönes Auto und vier Dutzend Krawatten. Seine Töchter haben deutsche Männer geheiratet, und jetzt wartet ein entspanntes Rentnerdasein auf ihn. Wenn da nicht noch ein unerfüllter Traum wäre: Amerika. Der zweite Band nach dem Bestseller «Maria, ihm schmeckt's nicht». Roman, rororo 24263

«Jan Weiler lesen macht einfach Spaß.» *Brigitte*

In meinem kleinen Land

Der Bestsellerautor geht auf Reisen. Wochen und Monate verbrachte Jan Weiler damit, sein Land anzuschauen. Witzig und unterhaltsam hat er seine kleinen und großen Erlebnisse aufgeschrieben und kommt zu dem Schluss: Deutschland ist eine Reise wert! rororo 62199

Gibt es einen Fußballgott?

Noch nie hat sich jemand so sehnsüchtig gewünscht, ein begnadeter Fußballer zu sein wie Adrian Pfeffer. Eines Nachts wird sein Bitten erhört: Der Fußballgott unterbreitet ihm ein Angebot, das er nicht ausschlagen kann. Eine phänomenale Karriere beginnt. Jan Weilers liebenswerte Fußballgeschichte, illustriert von Hans Traxler. rororo 24353

Weitere Informationen in der Rowohlt Revue *oder unter* www.rororo.de

Die Vermessung der Welt

«Die leichthändig ineinander verwobene Doppelbiographie zweier großer Gelehrter, so unterhaltsam und humorvoll und auf schwerelose Weise tiefgründig und intelligent, wie man es hierzulande kaum für möglich hält.» (Frankfurter Allgemeine Zeitung). Der millionenfach verkaufte Weltbestseller. rororo 24100

«Ich empfehle Daniel Kehlmann unbedingt.» Marcel Reich-Ranicki

Beerholms Vorstellung

Kehlmanns Nummer 1: Das phantastische Debüt eines Frühvollendeten. Als Lehrling bei einem berühmten Magier findet Arthur Beerholm zu seiner Berufung. Aber der beste Illusionskünstler aller Zeiten zu sein genügt ihm nicht: Er will über die Grenzen seiner Kunst hinaus, er will mehr als nur den Schein des Wunders. rororo 24549

Wo ist Carlos Montúfar?
Über Bücher

Wie geht ein Romancier mit Historie und Erfindung um? Hat der Roman als Gattung Zukunft? Welche eigenen Werke würde man auf eine einsame Insel mitnehmen? Mit eigenen und fremden Büchern beschäftigt sich Daniel Kehlmann in diesen Essays. rororo 24139

Weitere Informationen in der Rowohlt Revue *oder unter* www.rororo.de

Wolfgang Herrndorf

Tschick

ISBN 978-3-87134-710-8

Lassen Sie sich von «Tschick» rühren, erheitern, glücklich machen

Mutter in der Entzugsklinik, Vater mit Assistentin auf Geschäftsreise: Maik Klingenberg wird die großen Ferien allein am Pool der elterlichen Villa verbringen. Doch dann kreuzt Tschick auf. Mit seinem geklauten Wagen beginnt eine Reise ohne Karte und Kompass durch die sommerglühende deutsche Provinz, unvergesslich wie die Flussfahrt von Tom Sawyer und Huck Finn.

«Eine Geschichte, die man gar nicht oft genug erzählen kann, lesen will ... existentiell, tröstlich, groß.»
Tobias Rüther, Frankfurter Allgemeine Sonntagszeitung

rowohlt
BERLIN